［新装版］

いのち新し

魂の詩人・竹内てるよの遺作

竹内てるよ

たま出版

『いのち新し』によせて

女優・中村メイコ

「たぶん、私の最後の本になると思うのよ」

竹内先生の声は、電話器のむこうでとてもあたたかだった。よく通るほのぼのとした、それは日本のお母さんの声だった。

竹内先生と私との出会いは、まだほんとうに戦後まもなく、終戦を迎えたばかりのこの国の少女たちが、美しいものもロマンティックなものも甘いものも、何にもない生活の中で、けれど何やらたくましく、経済的なことは親にまかせるしかないが、せめて文化的なものだけでも自分たちの力で少しずつ少しずつ取り戻していかなければと、そんな意気に燃えていた頃だった。

そんなことのひとつ、中原淳一さんがいち早く世の中に情熱をこめてお出しになった少女雑誌『ひまわり』が、少女たちの胸をときめかし、私も『ひまわり』の詩の欄に自分の拙《つたな》い詩を投稿する少女の一人であった。その選者が竹内てるよ先生であったのだ。

根気のない私のことだから、比較的早く私は入選したらしい。なぜなら、私はおだてられていつも何かを始める性格だからである。今でも後生大事にとってある紙質の悪い、当時を物語るような、貧しく、けれども夢のある『ひまわり』の文芸欄の詩のところに、十三、四歳であったろうか、当時の少女、メイコによせる竹内先生の批評が載《の》っている。

「メイコちゃん、あなたは今にとてもいいものが書けるでしょう」であり、「メイコちゃん、もっと言葉を整理して、自分のほんとうに言いたいことだけを大切に紙の上にお載せなさい」であり、「あなたは、この一作で詩のこころに近づけましたね。がんばりましょう」であり、それは、語りかける口調のなんともあたたかい批評であった。

そんな竹内先生のおだてにすっかりのって、少女期の私は一時期本気で、詩人になろう、などとうぬぼれたものである。

時期から言えば、竹内先生の最も貧しく、最もつらく、けれど女として、ともかく一人で生きていかなければと、情熱的に人生に立ちむかっていらした頃であったろう。そんなことは何も知らない私たち少女は、紙の上で、あるときは厳しく、あるときは明るく、あくまでも話し言葉で的確に批評してくださる選者、竹内てるよ先生の批評の言葉に酔いしれたものである。

そんな時代は、紙の上だけの交流で二年ほど続いたろうか、自然消滅。つまり、少女たちはそれぞれおぼつかない足どりながら、自分たちの力で自分たちの人生を少しずつ切り開きはじめていくのである。私も、女優としての身辺の忙しさ、そして結婚、出産と、あわただしい歳月があっというまに流れていった。

けれどもなぜか、詩を書いたり文章を書くことを職業として生きていくことをあきらめた私にとって、たった一人のお師匠さんが竹内てるよさんという人であった。門をたたいたわけでもなく、弟子にしてくださいとお願いしたわけでもないが、少女期にあたたかく私のうぬぼれ心を、そして多少の詩心を育ててくださった竹内てるよさんという方を、私は勝手に自分のお師匠さんだと決めてしまっているようだった。

ときおり、お目にかかるときがあった。今考えてみれば、それはそれはつらい中での出会いであったにもかかわらず、竹内先生はいつも明るく、たくましく、お元気であった。

私があいかわらずのずうずうしさで、

「おとなになってからも書いています。女優の中村メイコとしてではなく、今は一人の主婦として、一人の母として、こっそりプライベートに書いているんです、家計簿の裏なんかに」

と、つまらぬ最近の作をお見せしたりすると、昔のように竹内先生はやさしく、そして厳しく、私の詩を直してくださったりもした。

「私もぼつぼつやっているわよ、何とかね」

これが、竹内先生のいつもおっしゃる言葉である。

私は、この本にあるような息子さんとの悲しい再会も、まるで小説としか思えないようなその後のストーリーも、何にも竹内先生の口からは聞かされなかった。女にありがちなぐちをおっしゃらない方である。自分の悲劇をおしつけて人に甘えない方である。

竹内てるよさんは、現代版『人形の家』のノラだと思う。ノラは外国人であるけれども、竹内てるよさんは日本人である。だから、人形の家を出たあとのノラよりも、つつましく、謙虚にすごしておられるだけである。

私など、声を上げて泣きながら読んでしまったような類《たぐ》いまれなる悲劇的な、その人生を、しかも病いというどうにもならない悪魔にとりつかれたお体をもちながら、なぜこんなにもたくましく、そして明るく生きておられるのだろう。ただただ女として脱帽、である。

竹内てるよさんという一人の女流詩人が、お金の儲からない純文士をあくまでもつらぬきとおされ、そして難解な言葉をなるべく使わず、私たちにわかる話し言葉で、口語体で詩をお書きになるということ、そのことに私はほんとうに心酔している一人である。

今度のご本は、いわば詩人の本音のつづり方である。これは、平凡な一人の日本のお母さんと、そして類いまれなる才能をもった女流詩人とが、一人の女として、そのどちらをも歩いてきた、その尊い記録である。

この原稿を書くご依頼を受けたとき、例によってとても謙虚で手短かであっさりとした竹内先生の声は、電話器のむこうでおっしゃった。

「たぶん、これがあたしの最後の本になるわ」と。

竹内てるよさん、日本のお母さん、やさしい人、明るい人、病気とにらめっこしながらたくましく、そして美しい詩をいつまでもいつまでもわかりやすい日本語で書きつづっておられる竹内てるよさん、私はあなたに、不肖の弟子の一人として心からの尊敬と、そしてあなたの好きな小さな野の花、都忘れの花束をささげましょう。

いのち新し◉目　次

第一章　どう生きてきたか

第二章　人霊執着の正体とその解消法

第三章　かなしみのかぎり

第四章　霊は私たちとともに居る

本文イラスト　岩田信夫

第一章　どう生きてきたか

読者のみなさまへ

このたび、脳血栓と脳梗塞という病気をして、半年間、病院に入っておりました。そのときつくづくとおもったことがあります。それは、今までにたま出版から二冊の本を出していただいておりますけれども、その中に、私がこれまでどういう生きかたをしてきたか、ということについて、一度も書いたことがないということです。

このまま死んでしまったなら、竹内てるよはどういう生きかたをしたか、どういう主張をもって生きたか、ということが、わからずじまいになってしまいます。

そうしますと、わたくしがやっておりますこと――授けていただいた霊能力をもって、人さまの因縁を見、供養してさしあげている――という、そういう目に見える現象のほうばかりに、重点が置かれることになってしまいます。

そこで、どう生きてきたか、ということを一度お話ししなければならない、と考えておりました。これをよきチャンスと考えて、みなさまにお話ししたいとおもいます。また合わせて、日ごろよく質問されることへのお答えも、この場をもってしておきたいとおもいます。

祖父の人柄

私の祖父は、北海道の厚岸町という海岸沿いの町に住んでおりました。

余談になりますが、このたび、その町に私の詩碑が建つことになりました。海がはるかに見える丘の上に、海のことを書いた私の文章を刻んだ詩碑を、町の人々が建ててくださるそうです。

私は見に行くことはできませんが、永くその町の人々の海難を守りたいと、心からの愛情をかたむけておりますので、出来上がったら町の人々もきっと喜んでくださるとおもいます。

さて、私の祖父は、そこで判事をしておりました。明治初年の判事ですから全権がありまして、釧路にあった高等裁判所の判事も兼任しておりました。

ある時、少年の放火犯が山に逃げこんだことがありました。

その時の警察署長が山に探しに行って、その少年を捕まえたのですが、何ということもなく哀れがかかって、その少年に腰縄をつけないで連れて帰りました。

すると少年は、深い谷のある崖っぷちに来たとき、署長の手を振り切って、谷へ飛びこんで自殺をしてしまいました。そうしてから手で帰って来た署長に対して、私の祖父はこういったものです。

「私たちの持っている縄は、捕り縄ではない。取り返し縄というものなのだ。まちがった世界に入った人を、正しい世へと取り返す〝取り返し縄〟というものなのだ。

本当の愛情というものは、その子をきっちりと連れてきて、すっかり正しい道へ戻すことだ。ただ通り道に縄を打つのがかわいそうだからといって、縄を打たないで連れてきて、今回のようにもうどうにも取り返しのつかないようなことになるというのは、本当の愛情ではない。

もしおまえが、あの少年の体に、しっかりと取り返し縄をつけてきたならば、やがてまともな人生を取り返すことができたであろうに。わずかな情で惜しいことをした。法というものは、情をいっぱいにしておくものなのだよ」

その署長は、後に東京に出て来て、警視総監にまでなったかたですが、そのときの祖父のことばは一生忘れない、と言っておられました。

私の祖父はそういう人間でありましたが、祖父の一人息子である私の父は、世にいう過保護に育った人で、祖父のつくった財産を生涯かけて使い果たしてしまいました。

その父が拓殖銀行に勤めておりましたときに、札幌の花街におりました十八歳の半玉さんに、私を産ませました。

母がどこで生まれ、どんな半玉さんだったか、何の記録もありません。日本全土が日露戦争のまっただ中のころでした。

私の母

北風が冷たく鳴る芝居小屋の二階で、十八歳の母は私を産みました。

しかし、判事さんの家の嫁としてはふさわしくない、という身分の違いを理由に、<生涯名乗りあわず、見ることもせず>
という念書を取られて、子どもの私を取り上げられてしまいました。いくばくかのお金を与えられて、父とも無理矢理に別れさせられました。

その使いとして行ったのは祖母でしたが、母はまだ目もはっきりと見えぬ赤ん坊の私を手渡すと、一度も振り返ることなく去って行ったということです。

幼い母はそのときどんな気持だったでしょう。商売人の女は嫁にはなれない、と重ねて言われて、どんな屈辱と恥辱を呑みこんだことでしょう。わが母の哀れさをおもうとき、私は今でも胸がふさがれます。

それから三ヵ月後に、私の母は入水自殺しました。芸者に出ていたころの豪華な着物を三枚重ねてふろしきに包み、その上にはたどたどしい字で、

<これを売って、私の赤ちゃんにミルクを買ってやってください>

と書いた手紙を置いて、出て行ったそうです。そして雪のまだとけきらない石狩川に身を投げました。母の遺体はあがらず、冷たい、氷のさらさらと鳴る石狩川の水中でくだけて散って

しまいました。

こうして哀れな生涯を終えた私の幼い母は、私の生きていく人生に一生を通して影響していくことになります。

雪と母

——すべて今生に於て苦悩するもの
今生に於てその業を切るか——

大切にもっている紫の石が
冬空をうつしてするどい青になると
もうすぐ　雪の夜が来る

ねむられぬ床に　雪のけはいをきいて
あめつちの鼓動の中に
形なき母を　いく年手さぐれば

そのまぼろしも　年老いて
母よ　あなたも　年老いたであろう

且て生死不明にもこだわり
どこの誰で　あるかを　怒りもした
そのみちのはてに　いまは
母よ　私に女はみんな等しい

雪が吐息のように降る夜は
いのちの香りが空に立つ
母よ　私にやがて白髪があろうに
こよい　あなたは　心安らかに
杖をついて　来られよ

私は若いころ、脊椎カリエスという病気にかかりましたが、そのとき背骨が痛むたびに、「ああこれは、水の底に散らばっている母の骨の、その痛みである」ということを、つくづくと感じたことでした。因縁の問題に私が深く入っていったのも、そういうことがあったからです。

私はそういうわけで祖父母に育てられました。そしてそんな生いたちゆえに、自分が結婚するならば、幸せに子どもを育てられる生活をしたい、と考えておりました。母が一八歳で子どもを手離し、哀れな最期をとげたことを考えるときに、私は母がなし残した人生を、はっきりと自分がなしとげてみようという希望を持っていました。

そして二十歳のとき、縁あってある人と結婚いたしました。

不幸だった結婚生活

けれども私の結婚生活は、私が想像していたものとはたいへん違っていました。夫となった人は少しも女性を理解しようとせず、ただ自分のことだけを考える人でした。そんな虚しい結婚生活の中で、私は大好きな詩を家計簿に書きとめて心をいやしていました。しかし夫は、詩など理解できる人ではなく、そこに細かい数字が書かれていないことに不満を持つのみです。私のほうも、いっしょに暮らす日々がすぎていけばゆくほど、親しみを感じるどころか、どういう理由でこの人と人生を歩いて行かなければならないのだろう、と考えて、たいへん悩みました。

でもこの結婚生活は、私が一大決心をもって始めたことです。そうそう簡単にやめるわけにもまいりません。悲しいものに見える人生で、それをよけて通ったのでは敗北になります。その悲しみを試練とみなして、全力を尽くして戦ってこそ、あわれな母の弔合戦になります。討って出て勝ちさえすれば、母のあわれを取り返すことができるでしょう。そうして、子育てとはかくあるものよ、女とはかく生きるものよ、と身をもってはっきりさせようという考えでした。

そんな結婚生活が一年続くか続かないうちに、私は妊娠しました。が同時に、肺結核と脊椎カリエスを併発して、生死の境をさまようことになりました。ようやくの想いで無事に子どもを産むことはできましたが、出産を契機として足がまったくきかなくなって、そのまま病床に伏せる身となりました。苦労して産んだ子どもも、母親がこのありさまでは育てることができません。一度も顔を見ないまま、里子にだされました。

やがて病院を退院しましたが、治ったわけではなく、いつ治るとも希望のないままの療養生活を続けなければなりません。ギブスをはめたままの寝たきりの生活で、回復の見込みはないのです。裏の一間を病室として、生きるためだけの食事を投げるように与えられながら、私は孤独な闘病生活を続けました。夫は結核が大きらいで、とても病室に入ってくる勇気はありませんでした。

そんな生活の二年目のころ、私は二十五歳になっていましたが、何とかして子どもを連れてこの人と別れたいと考えていました。

ある日、こんなことがありました。夏の暑い日、のどがかわいても水一杯くんでくれる人もなく、一人ぼっちで寝ていると、激しい夕立が降ってきたのです。雨は叩きつけるような勢いをもって降り、私の病室にも開け放った窓から降り込んできて、畳やギブスをぬらします。とその時、仔猫が一匹、雨を逃れて窓から入ってきたのです。そして私のギブスの乾いているところに体をもたらせて、そのまま寝てしまいました。かわいい小さな仔猫の、規則正しい健康な寝息が聞こえます。

私はそのとき、

〈命とはこういうものである！〉

と、ひらめきのように理解することができました。

〈どのような嵐のときであろうと、風のこないある片隅を見つけて、この仔猫のように命を守るものなのだ〉

私は仔猫が目をさますまで、できるだけそっとしておいてやりました。そしてその間、自分の人生について深く静かに思いめぐらしてみました。

〈このままこの家に寝ていたならば、いずれ終ってしまうであろう。子どもと別れて死ぬのであれば、ここで別れても同じことである。同じことならば今一度生きてみよう。この家を出て、再生しなければならない。もう一度再起して、自分の人生を生きてみるのだ〉

私はそうおもいました。そして固く決意したのです。

子どもとの別離

それから半年の間、私はどうやって再起するかを考え続けました。何を糧として生きていくか、目的は何なのか、を一生懸命考え続けました。体のきかない人間にできる仕事をして、一人で生きていこうというのです。

若いころから好きだった文筆の仕事で再起することを決め、早速歩くためのトレーニングを始めました。自分の体を自分の力で動かせなければ出て行くこともできませんから、まず杖にすがって立つことから始めます。そして一歩また一歩と歩く練習をし、何とか杖にすがって少しづつ歩けるようになるまで、半年間かかりました。

あくる年の二月十七日、私は主人に言いました。

「とてもこのままの生活をずっと続けていくことはできません。何もいりませんからどうぞ離婚してください。そのかわり、こちらに落度があったのではない、病気のために離婚したのだと、はっきり子どもに言ってください」

主人は、お金をやらなくていいのならば、いつ出て行ってもいい、ということでした。

私はいよいよ出て行く決心を固めましたが、たった一つだけ心残りのことがあります。子どもです。出て行く前にどうしても一目会いたいとおもいました。

私のたっての頼みは聞きいれられ、子どもは預けられているおばさんの背中に背負われて、病室にやってきました。枕もとで降ろされた子どもは、はや二歳半、やつれはてた私を見て悲しそうにベソをかいています。

「ちょっと二人きりにしてちょうだい」

私はそうおばさんに頼んで、出て行ってもらいました。二人きりになると、命を賭けて産んだ子どもの丸いぽってりした手をとって、引き寄せました。かわいい重さに胸がつまりそうです。

私のたった一人の骨肉、今ここで別れて、いつまた会える日があるだろうか。生きてゆけると信じて別れても、途中で死ねば永訣も同じではないか。人に渡して別れることはない。いっそいっしょに死んでしまおう……、と私の心は乱れに乱れました。そしてついに激情にかられて、子どもの首にヒモをかけたのです。子どもを殺し、自分もすぐあとを追って死ぬつもりでした。

ところが、子どもはかけられたヒモをもって、にっこりと笑うのです。電車ごっこでもしてくれるとおもったのでしょう。その生に向かった笑い顔を見たとき、私の心の糸が断ち切れました。子どもと別れて、家を出て行く決意が固まったのでした。

わかれの朝

この次生まれて来るときには
どうか　お前と私とが
わかれなくってすむように

最後の日
お前は無心に笑って何も知らない

私はお前を抱いていのちのかぎり泣いた
坊や　母さんのなみだはどこ　ときくと
「ここ」
と小さい指で私の頬をさした
坊やの涙はどこ　ときくと

「ここ」
と自分の小さい頬をさした
永き思い出の　わかれの朝

この次生まれて来るときには
どうか　お前と私とが
わかれなくってすむように

許してよ　坊や
母さんは不治ときまって出されてきた
けれども生命のかぎり生きのびよう

いつの日か　再び
現世の中で逢える日がないとどうしてきめられよう

涙にぬれた　頬と頬
とりわけこの記憶をお前に残したのは
いつか来る日への私のかたみである
おぼえているであろうか　私の坊やよ

新しい出発

それから私は、若きころ文筆家を志したころの友だちを頼って、不自由な足に草履をゆわえつけ、杖をたよりにその家を出ました。

半町ほども歩くと呼吸困難に陥り、土手の上に倒れてしまいました。ちょうど街は夕ぐれを迎え、家々には灯りがついていて、夕飯の食卓を囲む楽しげな声が聞こえます。

私は土手の上に倒れたまま、それらの声を聞いていました。ほっぺたに冷たい土がついているのがわかります。その土の感触を鮮明に感じながら、私は自分にたずねてみました。

＜おまえは自分の人生を恨んでいるか。自分に冷酷であった人をくやしいとおもっているか。

今に見ていろ、この悲しみをきっと報いてやる、見かえしてやる、という意地があるか。

くやしいとおもったり、恨んだり、意地があったりしたのでは、そんな小さな心持ちでは、このどん底からどうして再起することができよう。

自分に冷たかった人をも、心から許し愛して、人みなに充分な信頼と愛情をかけることができたならば、人間を善と信じ、愛することができたならば、万にひとつの可能性だけれども、再起できるかもしれない〉

そう自分に問うてみました。

すると私の心は五月の空のように晴れわたり、自分に冷たかった人をも許しいたわることができたのでありました。

新しい再出発については、充分な自信がありました。これならば生きていける、とおもいました。

冬

厳冬の病室にひとりいて

あたたかき　湯をのむ　ひとときの安らい

ほろにがく舌にとけゆく粉ぐすりの味は
病んで久しい年々の冬の味わいにして
湯気やわらかに　頰にかかる

かじかんだ指先を湯呑にまわして
僅かなるぬくもりをたよれば　涙わきいづる
みぞれふる日　一本の杖にすがり
ただひとり　あの家を出でたる日

門を出て　ふりかえり
内なる人々の声の中に
もしや　いとし子の声もありはせぬかと

去りかねて　耳をすます

その夜は　宿もなく
町をただひとりさまよい歩いていたとき
見知らぬ少年一人
わざわざ道へ出て　私をよびとめ
たぎる一杯の　白湯《さゆ》をめぐんでくれたる情

今しずやかに　手のひらにうつる
湯のあたたかさ　かすかな　かおり
情けある　かの若人の名も　姓も知らず
空腹にしみる　一杯の白湯の力を
思い出すたびに　心こめて幸せをいのり

以来　いつのときにも若き人々におくるに
誠意と　友情をもってする私
夜のくらさに　はっきりと顔もおぼえず
僅かに　秀でたる眉の記憶が　残る

ああ　一杯の白湯
病と空腹と　寂寞のまっただ中にして
やわらかに頬にかかる湯気の中
涙の中に　人間の愛いまだ
私に去らぬと教えられし一杯の白湯

何人《なんびと》も恨むまい。自分に冷たかった人をも愛することができさえすれば、人生を生きていくことができる、と私はおもいました。

仲間に支えられて文筆生活に

それから私は、若きころともに文筆を志した友達のところを、頼って行きました。そして、文筆生活をもって再起したいことを話しました。

友達は、高村光太郎先生をとりかこむ詩のグループの一人で、『銅羅』という同人雑誌を発行しておりました。私はそのグループの一人に加えてもらい、その雑誌を出している人の家で、はじめて人の情けによる床をのべていただきました。そうして療養生活をしながら、文筆の道を歩きはじめたのです。

そのときの仲間には、草野心平さんや榊原源三さん、そのほか大勢の、後に世の中に出た詩人たちがおりました。二十一歳になった宮沢賢治さんが遊びに来たこともありました。大きな下駄をはいて、無骨な格好をしておられ、いかにも賢治さんらしかったことを憶えています。

そこは、若い貧しい、それでいて志だけは大きい詩人たちのたまり場でした。誰かがアルバイトをして、少しでもお金が入ると、私のために卵を買ってきてくれました。心平さんが「竹内てるよを死なせない会」をつくってくださいまして、その力で、今日まで私は長生きをして

きました。光太郎先生や尾崎喜八先生などは、月にいくらかのお金をとどけてくださいました。

雨の夜

財布をさかさまにしたら
五銭が一枚出た

汗によごれた仕事着もぬがず
どしゃ降りの雨にぬれた靴下のままで
友達は　黙って今の白銅を指した
すでに三日
食事ののどにゆかない私のために
何を買ってやろうかとたずねるのだ

私は　熱にかわいた舌の上に
冷たいものがほしい
ほんの少しでもいいから
何か冷たいものがほしい

友達は両手をもなかのように合せて
もなかの中に入ったアイスクリームは
五銭で一つ買えるという

一日の仕事を終って
十四丁のみちをかえって来たのに
私のために
又その町まで行こうという友よ

外は烈しい雨だ
今夜の厚意を受けなかったからといって
みじめに生きて来たもののひがみではない
外は烈しい雨だ
二人の前におちた
わびしい　穴のあいた五銭を
わが友よ　明日の電車賃にしよう

今夜は
もう仕事着をぬいで
深い人生の夢についてゆっくりと話し合おう

私は、ふたたびギブスのかかった胸の上に、一枚の板を立てて、その板に原稿用紙をはって、鉛筆で詩を書きました。それをはがして持っていってもらえば、いくらかのお金になるのです。

そういう生活をしていて、私がものを書いて生きていける、生活していけるという希望と自信をもてたのは、三十五歳をすぎてからです。

私の処女出版の詩集は『生命の歌』という本ですが、この本は、当時第一書房という出版社をやっておられた、長谷川巳之吉さんが出してくださいました。ベストセラーとなり、その情けある印税が、苦しかった生活をずいぶんと助けてくれたものです。『生命の歌』は、最近自費出版で復刊して、みなさまに喜んでいただきました。（溪文社より発行）

私どもは本当に貧乏な生活をしておりましたが、それに耐えて、それぞれの希望に胸をふくらませていました。それぞれの希望について話し合っておりました。草野心平さんは沖仲士などの仕事をして、お金ができれば私にごはんを食べさせてくれました。でも仕事がないときには四日も誰も帰ってこないで、その間まったくごはんを食べないような生活でした。

水だけで命をつないでいても、私の心は充分に人生に対して燃えていて、これから生きていく自分の再起の生活に対して、大きな希望を持っていました。

わが二十代の日は

風は　空に荒れていた
すべての鳥や　けものが穴に入っても
人の子は　枕するところがなかった
さまよいゆけば　石炭がらの街に
夕陽は　赤く　波を打っていた

わたくしたちは　夢をみていた
心平のやきとりやの屋台の灯が
みかんいろに　コンクリートにこぼれて
よごれたのれんから　ひげっつらがのぞく
「やろうぜ」と合ことば

「やろうぜ」と　合ことば
病がどんなものであるか
どじょっぽねまで　知らせてやろう

生活がどんなものであるか
まず　生きてから　知ってみる
真に自らを打ちたたいて　知るより他に
この世に生き方が　ないかのように
わが二十代の日は　夢みていた

「やろうぜ」の合ことば

真理を人に　たずねたりするな
お前たちの血を　たたきつけて生きてみろ

やきとりやは　今日も　赤字ばかりで
友達の中に　腹のくちいものはない
しかも　こんなに親しく　烈しく
「やろうぜ」は　合ことば

子どもへの想い

私の代表作といわれる「頬」という詩は、そのころできたものです。

その詩は、「生まれて何も知らぬ　吾子の頬に　母よ　絶望の涙をおとすな」という言葉で始まっています。

生まれてまだ何も知らぬ子供の頬に、絶望の涙をさんざん落とした人間が、そういうことが女の生活の中であってはならない、ということを表現した詩です。

この詩は読売新聞に載ったものですが、そのとき、こんな名もない人間の作品をなぜ載せるのか、と読売新聞社に言って行った人がありました。読売新聞の方では、くやしかったらこれくらいのものを書いてみろ、という応待をしてくれたということです。

頬

生れて何も知らぬ　吾子の頬に
母よ　絶望の涙をおとすな

その頬は赤く小さく
今はただ一つのはたんきょうにすぎなくとも
いつ人類のための戦いに
燃えて輝かないということがあろう

生れて何もしらぬ　吾子の頬に
母よ　悲しみの涙をおとすな

ねむりの中に
静かなるまつげのかげをおとして
今はただ　白絹のようにやわらかくとも
いつ正義のためのたたかいに
決然とゆがまないということがあろう

ただ　自らのよわさといくじなさのために
生れて何も知らぬ　わが子の頬に
母よ　絶望の涙をおとすな

私はその間もずっと、別れてはや二十五年になる子どもを探し続けていました。私の名前がマスコミに出て、名前がわかるようになっていれば、いつか見つけだすこともあるだろうともって、ただそれだけで一生懸命仕事をしておりました。

やがて『銅羅』は解散いたしましたが、そのときにはグループのそれぞれのメンバーの生きる道がたっていました。

私も本格的な治療をしていただき、詩の雑誌『群生』を発行したり、詩の勉強をする私のグループも百人を越していました。

四十代は淋しいものでした。

女に生まれて女の幸せを知らず、母の逝きたる日のそれのごとくに、子どもを恋して女が終わろうとしていました。四十代の半ばごろ戦争が始まりました。

子どもと私との間に戦争がはさまっては、もはや子どもを見つけることはできないかもしれない。父親が広島の人であるから、原爆で死んでしまっているかもしれない。死んでしまっていたら……、そんなことを考える日もありました。

そんな私にも、人生で組んでみないかといってくださるかたがありました。ふたたび人と組むつもりはまったくないのですが、このまま静かに年老いることができるだろうか。生涯子どもに会えなければ、この存念はそのまま残っていくのであろう。

私は乱れるおもいを何とかおさめながら、いつの日か子どもにめぐりあって、ひとこと謝らなければならないとおもいつづけていました。

子どもは名古屋の拘置所に

二十五年たち、私が五十歳になったクリスマスの日のことでした。

お医者さまから帰りますと、家に新聞社のかたが見えています。そして、「泣かないうちに写真を撮らせてください」なんて言っています。

「いくら年の暮れに貧乏していても、泣くわけがないじゃないの」

などと私もからかっていたのですが、それでもそのかたが、

「ほんとうに泣きませんか」

と念をおしますので、

「ほんとうに泣きません」

と答えました。するとその新聞社の人は、

「木村徹也という名前を知っていますか」

と聞きました。

子どもの名前です。

たえて久しくその名を聞いていません。

「それは私の子どもです。今どこに」

とききますと、名古屋の拘置所にいるということでした。

どんな罪を犯して、人生の最低のところにある？

いきなり目が見えなくなって、体がくずれていきます。

彼は傷害で三年の刑を受けているということでした。特攻隊として戦争にいき、生きのびたのはよいのですが、やくざになっていました。東京で金貸しをしている有名なやくざのグループ「銀座警察」の一員でした。

私はそのまま意識不明になり、三日目にぽっかりと意識を取り戻しました。

私はふるえる手で、子どもに手紙を書きました。二十五年目、子どもは二十七歳になっている筈です。

〈……どのような事情にて、そのようなところにいるかは知りませんが、責任はすべて生別した母なる私にあります。母がこの世に生きて待っていたからは、今後一切の責任を持ち、必ずあなたが社会人として堅気にまっとうな生活をできるようにいたします。どうかやけをおこさ

ず、心を強く持って待っていてください。みなさんにかわいがってもらってください。――＞

涙とともにそう書いて、第一信を送りました。

そして、いるとわかったからには会いに行かなければとおもって、お医者さまがおとめになるのも振り切って、あくる年の一月十一日に名古屋の拘置所に会いに行きました。

再会

出発の日は朝から雨でしたが、祝ってくれる人、心配してくれる人でにぎわいました。心配された心臓は大丈夫で、いつも出現される体格のよい女神さまが、背中に手をあたたかくかけてくださっているようでした。

たとえ拘置所の前で心臓発作をおこしても会いにいくのだ、と私はおもっていました。この面会には、私の二十五年間の歴史がかかっています。私の一生をかけたできごとです。

名古屋も雨が降っていました。拘置所をぐるりと囲むコンクリートの塀は、すっかりしめっており、いくたりの母がこの刑務所の塀を涙をもって巡ったであろうことをおもうと、ほんとうに胸がつまりました。

私はしかし、再会するために、心をひきしめて面会室へ行きました。

取材のために新聞社や、放送局も来ていました。〈竹内さんの子どもが見つかった！〉ということで、大ぜいのかたが来ていました。

そんな人々をかきわけて、青い囚人服を着て素足に草履をはいた私の子どもが、まっすぐに歩いてきました。はじめは大ぜいの人にとまどっていましたが、やがて心を決めたかのように、頭をあげてまっすぐに歩いてまいりました。

かりそめの縁というものはないもので、むこうから歩いてくる子どもは、心を開かず、かたちばかりの夫婦で暮らした主人にそっくりでありました。

私は二十五年ぶりに子どもの手をにぎりました。あの小さくて冷たかった手は、大きなたのもしい大人の手になっていました。

私は涙と嗚咽で口もきけず、ひたすら子供に謝りつづけました。

「ゆるしてね、私があなたと別れることになったので、それであなたはこんなことになったのね。ほんとうに許してください。許してください」

子どものほうも、ぼくこそこういうところでお母さんに会うのは、ほんとうに申しわけないとおもっています、と言いました。

こうしてつかの間の面会時間はすぎていきました。私の手をとってトイレに連れて行ってくれたとき、私は本当に幸せでした。これが幸せというものなのだ、と私はそのとき感じました。

面会の後、三日間、宿屋で寝こみました。子どもの経歴や罪科、主だった身の上などを拘置所のかたが話してくださったのですが、何も耳に残っていません。会えた！　会えた！　とただそれだけをおもい、支えてくれた二十七歳の男の力が何ともなつかしい思い出でした。恋をしなかった私が、男としてのなつかしさと、子どもとしての愛情をこめて、それからの毎日は幸福でした。私の病気はぶり返して、春まで養生しましたが、心は明るく晴れわたって、私の一生のうちではいちばん幸福な時間であったでしょうか。

小さき靴

わが住む庭の　しき石の
三味線ぐさの白き花

その花かげに　一足の
小さき靴をおきたまえ

泣かずに　生きたる二十年の
なみだを一つその中におとさば
わが生きの日の　輪廻を絶ち
清く　あかるき　性たらむ

わが住む庭のしき石の
三味線ぐさの白き花

あるあさ　せめてそのかげに
手にのるほどの小さき靴の

土少しつきたるものを　おきたまえ

「夫に立てる操はないけれども、子供に立てる操がある」

というのが私の主張です。

それから二年間、子どもは名古屋の拘置所にいました。

日本全国の私の読者のかたから、どうか子どもを早く出してやってほしい、という手紙をたくさんいただきました。

私は子どもが牢屋へ入っていることを、誰にも隠しませんでした。

自由な一人の女として生きていましたから、誰に遠慮もありません。

名古屋の拘置所にいるのは私の子どもです、私の子どもが見つかりました、と、みんなに言いました。そして、子どもの罪は私の罪、全部の責任をもって、世界中の牢屋を歩いても、何としても自分が迎えとって、堅気にする、という固い決意をしていました。

しかし私はやくざの生活を知りませんでした。母の愛を信じきっていました。まだまだ人生への見方が甘かったことを、そのときは知らなかったのです。

子どもからは月に一回づつたよりがありました。私は七の日を子どもの日と決めて、手紙を書いていました。子どもが十一月七日に生まれていますから、そうしたのです。子どもの文章が案外に上手なのが、うれしいような哀しいような感じでした。

親子水いらずの生活

二年たって、子どもは出所してきました。

私は山梨にいる知り合いに頼んで、山梨の猿橋町というところに小さな家を一軒借りてもらいました。

私が東京にいては、いっしょに住む子どもも誘惑が多いし、マイシンをたくさん使って一時は回復している私の体も、空気の悪くなってきた東京にいてはいつまた悪くならないとも限らない。もう少し閑静なところのほうがいいし、それに生活費も安いであろう、と考えてのことでした。そしてそこに子どもを迎えとりました。

新しい夜具を買い、子どもの使う日用品を買って、私は子どもを待ちました。

十一月一日、私のマネージメントをしてくれている小父さんに連れられて、子どもは帰って来ました。私はおもわず子どもの手を握りました。あたたかい手でした。彼は二十九歳になっていました。そしてはじめて、子どもといっしょに朝のおみおつけをのみました。

二十五年間、そしてそれから二年、別々の生活をしていたのですから、私たちのお互いの話は、話しても話しても尽きることがありませんでした。夜になると灯をひくくおろして、二人は二人のこしかたの違いについて話しました。けれども、ひとたびやくざの生活の話になりますと、彼は貝のように口をつぐんで、ひとことも話しません。

子どもは広島にいましたから、学徒出陣で福山連隊から出陣しました。片道ガソリンで人間魚雷となって、太平洋の海に乗り出したとき、たまたま体がはずれて、海の中に二昼夜浮いていたそうです。

まっくらな海の中で、空腹と冷気の中に、板切一枚にすがってさまよっていたとき、これでもし助かる日があったら、太く短かく、好きなことをして暮らしたいと思った、といいます。

生死の境を往来して、世になき戦友のことを考え、しっかりとした生きかたをする人もあるし、また彼のように、自分の生きかたをそんな風に決めてしまう人もいるのだなあ、と私はおもいました。彼の父は自分一人のことしか考えない人でした。そんな性格がきていたのかもしれません。私は性格というものの不思議を感じました。

また子どもは、広島へ原爆が投下されたあと、その後片付けのために広島へ行ったとも言っていました。

「ぼくはね、人間がした人間のあの残忍さを自分の口から話すことを恥ずかしいとおもう。だからお母さんに話はしないけれども、原爆が落とされた二日目に広島に入ったからね、血と水の混ざり合ったものをずいぶん飲んだよ。まともな水がないんだからね」

私は結局、子どもから原爆の話は一度も聞きませんでした。彼は自分の見たりさわったりしたことを、何人に語ることも屈辱としたのでしょう。

子どもの出奔

子どもは勤め口を探していました。私は知り合いにその世話をお願いしてあったのですが、十二月に入ると、仕事がみつかったといって話を持ってきてくださいました。

仕事は、当時竹中工務店がやっていた成増のワシントンハイツの工事でした。彼は建築科を出ていましたから、現場監督の仕事を持ってきてくださったのです。そしてあくる年の一月十日から、仕事に出ることになりました。

通勤に遠いからというので、子どもは成増に下宿しました。食事付ということなので何の心配もいりません。土曜日になると必ず帰ってきて、新しい仕事のことや、職場のことなどたのしげに話してくれました。

はじめての月給から私に千円くれましたが、その千円の札は、世界中のどのお札よりも光輝いて見えました。

ところがそこに三ヵ月ほど勤めたある日、吸いかけの煙草をそのままにしたまま、子どもが帰って来ません。警察が来て、もし帰って来たならばすぐ知らせてくれるように、と言いました。かくしだてをするとあなたも罪になりますよ、とすごい勢いです。

何かしましたか、と聞くうちにも、もう足がふるえてきて止まりません。月曜日の朝、出かけて行ったきりの子どもです。

刑事さんの話では、やくざの仲間がやって来て、みんなで十台ものトラックに木材を積んで、子どもを拉致《らち》して逃げた、ということでした。

私はそれを聞いて、目が見えなくなり、意識が遠のいていきました。遠のいていく意識の中で、「ああ、やられた」とはっきり感じました。

月曜日、あんなに楽しそうに仕事のことや上司のことを話したりして、出かけて行った子ども。そのときの吸いかけの煙草は、灰皿の上にまだそのままのせてあります。

母に嘘をついて、捨てて行ってしまった――そのおもいはどんな刀より強く、私の胸をさし貫きました。

母の愛、母の愛さえあれば、と、それだけをお守りのように考えて引き取って、まことの道を歩かせようなどと、何という甘い、思い上がった計画であり、心持ちであったでしょう。お前なんかに何がわかるかとでもいうように、私をすてて行ってしまった……。

それからすぐに、小父さんに成増に連れて行ってもらいました。そして子どもが迷惑をかけた人たちに謝ってまわりました。私は子どもの保障人になっていました。

その日は雨が降っていました。私は雨でびしょぬれになりながら、各職場に謝ってまわりました。渡してある工事現場の板は、雨でぬれていました。疲れきって、熱さえあった私は、その板の上にひざをついて泣きながら、自分の甘さをはっきりと感じました。

しかし一人の母がどんなに謝ってみたところで、やくざが団体でやったことに対してはどうすることもできません。それっきり子どもは行方不明です。私にかかったお金が、その当時で九十六万円でした。

裏切られた母の愛

それから九一年の間、子どもの沙汰はまったくありませんでした。

その一年の淋しさは、ことばではとても尽くせません。

なぜかというと、母の愛を持ちさえすれば堅気にすることができる、という固い決心があったのに、母の愛をどんなにそそいでも堅気にできなかった、という明白な事実を、子どもは行動をもって私にみせつけたからでした。その一年の淋しさは何ともいうことができません。

愛情で何とかしようと考えたその甘さ、それが観念にすぎなかったことを、子どもははっきりと私に示しました。

母の愛とはいったい何だろう。

私は子どものためにいったい何をしてやったのだろう。

私は、母の愛さえあれば、などと、あんな甘ったれた心持ちで、子どもが真人間になれると信じていた自分のかよわさや思い上がりを、はっきりと反省しました。そして、一度の失敗でくじけてはならない、二度失敗しても今一度、三度逃げられたら四度追いかけて、きっとあの子を真人間にするまで、どんな辛抱でも苦労でもしなければならない、と決心しました。

ゆりかごの歌

古いゆりかごが　あった
母は三十年　それをしまっておいた
ときおり
それを出してみて　風にあてていた

子供は　かえって来た
子供は　母のゆりかごを笑って
そのひもを　引きちぎった
大切に　みがいてあった金具を足げにして

かごを　投げすてて去った

母はゆりかごをとり上げてみた
マホガニーは　美しく手入されて
金具も　ひもも古びてはいなかった

年月のはてにあったものは
ゆりかごの要らない人間であった

ゆりかごの要らない人間を生みながら
ゆりかごを大切にもっていた母
世紀のかなしみは　人間の上にも深い

私はたった一人で暮らしながら、どこの果てで暮らしているかもわからない子どものことを考えておりました。

ちょうど一年後、横浜の拘置所から手紙が来ました。

「お母さまがなつかしくて——」

と手紙に書いてあり、横浜の拘置所に入っているということでした。

私はすぐに会いに行きました。そのころ私はわりと健康になっていて、一人で会いに行くことができました。

横浜刑務所は、町から少し離れた高台にありました。子どもは面会室で私の顔を見ると、ぼろぼろと涙をこぼして泣きだしました。

私は泣きませんでした。

子どもは言いました。

「今までは家というものをまるっきり知らないでいた。けれども今度は、家というものがわかっただけに、こういうところの生活は本当に淋しい」

そういって、泣くのです。

けれどもそのとき、私は言いました。

「男がひとたび決心して、そういう生活をする羽目になったのだから、どんな生活でもやってくがいい。そのかわり私も、白髪の婆さんになっても、杖をついて世界中の拘置所にでも迎えにいく。そして生きているうちになんとしてでも堅気にするから」

子どもは真剣な眼ざしで、じっと私を見ていました。

「体を大事にして待っていてください。今度こそすっかり清算して、なんとしてでもお母さんといっしょに暮らします」

私は会いに来た甲斐があったとおもいました。その子どもの真剣な眼ざしを見ていると、彼の言うことが本当であると信じることができたからです。万が一また裏切られるとしても、本人がまじめにそういったときには信じてやるべきだとおもいました。

私が信じなくて、他にだれが信じるでしょうか。信じる、信じてやる、このひとつより他に、二人を結ぶいったい何があるであろう。

面会がおわると、看守の人が笑って、

「たいていはお母さんのほうが泣くものなのに、あなたの場合は刑人のほうが泣いていて、お母さんのほうが威勢がよかった」

と言っていました。

それから一年と少し、子どもはそこにいました。二年の刑だったのですが、その服務態度がよかったということで、一年二ヵ月で仮出所になりました。その間子どもは、全国の私のファンから手紙をもらいました。目の不自由なかたが点字でうってくださった励ましの手紙も届いたということで、彼はその一通一通を大切に持っていました。

晴れて出所してきた年は、ちょうど皇太子殿下がご成婚された年でありました。

癌におかされる

私の気持が通じて、子どもは、今度こそ必ず堅気で暮らす、と約束してくれました。

また私は、子どもの親分である浅草のやくざのところにかけあいに行って、

「子どもの指をつめるのなら、私の指をつめてください。私は指が二本あれば仕事ができるから、子どもに肩入れしないでください」

と頼みました。

「それほどまでにいうのなら、これで縁を切ってあげます。堅気になって、いっしょにお母さ

んと暮らせるようにしてあげます」

と、年とったやくざの親分は言ってくれました。

そうして晴れて堅気になって、これからいっしょに暮らそうというとき、どうも子どもの様子がおかしいことに気づきました。

風邪をひいて三日ばかり寝ていましたが、その部屋へ入って行くと、強い臭いがするのです。私は癌の病人を看病したことがあって、その臭いを知っていましたから、子どもは癌にかかっているとおもいました。

「きみは癌だね。どこかに何かができていないか」

と聞きますと、

「のどが痛いよ。でも僕が癌になるはずはない。結核ならママがそうだったから、喉頭結核かもしれないけれど、僕が癌になるはずはないよ」

しかしその強い臭いは、ガン特有のものでした。

ようやく子どもが起きだしたときに、私は東京にいたころお世話になっていたお医者さんに、手紙をもたせて診察してもらいに行かせました。

ちょうどそのときお金が二千円ありまして、その一枚を息子にやり、もう一枚を私がもって、余裕があったら遊んでおいで、といって出しました。映画でも見てこようかな、といって息子は出て行きました。

しかし息子が帰って来る前に、私の仕事を手伝ってくれている小父さんが、私のところにやって来ました。東京のお医者さんから電話がかかってきたので、それを知らせに来てくれたのです。

小父さんは私の体の調子を気にしながら、子どもの病気について話してくれました。お医者さんが、私の体の様子によって話すかどうか考えてくれ、とおっしゃったそうです。

病名は癌。もうあと半月くらいしか持たない。リンパ腺も腫れていて、もう手術はだめだし、入院治療をするにも手遅れである。癌は若い人ほど進行が早い。どこか近くのしかるべき病院に入院させ、最後の別れを惜しみなさい、ということでした。

本人には癌であることはいわず、扁頭腺炎だから体力が回復したら手術をする、といってあるとのことです。

小父さんもそれを私にいうのがよほど辛かったとみえて、私の心臓のことを何度も心配してくれました。

やがて子どもは元気に帰ってきました。

翌日、近くのお医者さんにわけを話しました。今までの生活が生活だから、これからやっと堅気になるというところで、この病気は本当に不幸だが、なんとか最後まで看《み》てやってください、と頼みました。

川を一つ隔てたところにある小さな開業医でしたが、そのお医者さんは軍医をやっていたせいもあって太っ腹で、

「よし、では最期までぼくが看てあげよう。みんなめそめそしないで、元気で見送るんだよ」

と言ってくれました。

子どもはいくぶんやつれて見えましたが、若さも手伝って、これがあと一ヵ月生きられるかどうかという人間には見えませんでした。

入院する日、私は眠れないままに朝を迎えました。涙を見せないことだけがせいいっぱいで、他には何もできません。小父さんがよく手伝ってくれました。

この戸口を出るともう帰って来ない、とおもうと目の前が暗くなるので、必死で自分をおさ

えていました。

子どもは、

「じゃ行ってきます。ママ、ゆっくり休んでいてね」

と平気で言って、出て行きました。子どもが出て行ってから、私は畳に打ち伏して泣きました。

子どもの死

次の日、私が見舞いに行くと、子どもは、

「ここのお医者さんのレントゲンはこわれているんだよ。僕が治って働けるようになったら、レントゲンを寄附してあげようね」

などと、のんきなことを言っておりました。

癌は着実に進行していきました。

病気はもはや末期で、のどがだんだん腫れふさがってきて、顔はびっくりするほど腫れあがりました。一滴の水さえ飲めなくて、もうあといくばくもない、というところでした。

ちょうどそのころ、私は腎臓結核のさかりで、一日に八十回も小水がでるし、膀胱は痛むし、熱は少しも下がりません。

お医者さまが、「家へ帰って寝ていなさい。いざというときは呼んであげるから」といってくださいました。

けれども二十五年間別れていて、いっしょに暮らしてまだ三ヵ月にしかならないのに、間もなく永別となるかとおもうと、とても家に帰って落着いて寝てなどいられませんでした。

ある朝行ってみると、子どもが、

「ママったらやんなっちゃうなあ。この病室の窓から夜中に入ってきて、ベッドのまわりを泣き泣き廻っているんだよ」

私の遊離魂、つまり霊魂が肉体から離れていくことが、そのときはっきりとわかりました。

それから二、三日たって、子どもは息を引き取りました。

私が耳に口をつけて、

「お母さんだって、七回もこういうときがあったのよ。そのたびにみんなが、子どもの名前をいえば地獄からでも帰ってくるといって、お母さんは生き返ってきたのよ。あなたもお母さんのことを考えて、しっかり頑張ってね。二人で暮らしましょう。あたりまえの暮らしをしましょう。貧乏でも不足でも何でもいい。しっかりしてね、しっかりしてね」

そういうと、子どもは私の手を握ってにっこり笑いました。握っている手がだんだん冷たくなり、紫色になっていきました。そして口元にはほほえみを浮かべて、そのまま息を引き取ってしまいました。

その子は不幸な人生を歩みました。

二歳のときに、母親が結核のため生き別れ、そして戦争のためにやくざになり、今、癌で死んでいく——。

三十四歳でした。

ほんとうに不幸な一生でありました。

友だちが、なぐさめることばもないといって、野辺送りをしてくれました。私はこの世にたった一人になってしまいました。

それから改めて、私の使命について考えました。その使命は、二十五歳のとき、病気がたいへん絶望的なときに発見したものでありますけれども、その使命をこれから果たそう、残りの人生をそれにかけよう、と決心いたしました。そして今日に至っております。

生きたるは

生きたるは
奇跡でもなく　生命の神秘でもない
生きたるは　一つの責である

病は五つあるとも　七つあるとも
どの一つもが　不治なりとも
死んではならない　ときに死ぬまい

生きたるは　一つの責務
正しく死せんための　一つの証《あかし》
正しき死にあってのみ

いかにして　いのちを惜しまん

生きたるは　一つの責
不安と苦痛にも　麻薬を用いず
正しき　いのちの寿を守るため

生きたるは　一つの愛
さびしさにも　不幸にもいたずらに嘆かず
自らのたましいを　汚さざるため

生きたるは
奇跡でもなく　生命の神秘でもない
生きたるは
唯一にして　無二の責務

かなしくも　いまだ
死に価することをせぬため
生きたるは　おくればせても
死に　価して死なんためなり

子どもは山の上のお寺の墓地に葬りました。

つい三、四年前、私が七十七歳のときに、お弟さんたちがみんなで喜寿の祝いをしてくれました。そのとき、おふくろが喜寿の祝いをしてもらって、子どもの墓が建たないのもいけないとおもいまして、借金をしたり、ほうぼう原稿料をもらって歩いたりしまして、子どもの墓をようやく造りました。

あわれな三十四歳で死んだ息子――。

その子は、土方をしてでも母と暮らしたい、といっていた矢先に、癌のために死んでしまいました。

なぐさめることばもない、とお弟子さんたちは言いましたが、私はこれでたった一人ぼっちになった。ということは、みんなと兄弟であるということと同じである。それがはっきりわかりましたので、改めて、自分の残る生涯は少しでも人の役に立つようにすごそうと決意しました。

一篇の詩を書いてほめられても、それは私の光栄にすぎない。のどが苦しい小さな子どもを治してあげることができたなら、それが本当の私の使命ではないか。

名もいらない、金もいらない、何にもいらない。命のある限り、少しでも自分の力をもって、人さまのために働きたい。そう決心いたしました。

その最初の著書が『因縁霊の不思議』という本で、たま出版が出してくださったものです。

この本によってお近づきになったたいろいろなかたがあります。そのかたがたに、私はまだ一度も自分の人生について話したことがありませんでした。今日がよいチャンスでありますので、私はこの来歴を説明するわけであります。

第二章　人霊執着の正体とその解消法

私の使命

生きて生活している現世の人間の上に、今生を終った人々の霊魂が、いろいろの形で影響を及ぼすなどということを、人は信じることができるであろうか。

私の人生にはじめに、このことを教えて下さった、あの暗い岩屋の中の体格のいい女神さまは、ひざの上の私の小さい頬をあたたかい指先でさわられながら、もしもこのようなことがこの世の中になかったならば、人間は苦しみということを知らないでありましょう、とおっしゃいました。苦しみを知らない人間ほど、価値のないものはありません。それは、野に咲く花のようなものであります、とおっしゃいました。苦しみとは何であろうかと、幼い私はただ目をぱちぱちとさせただけでありました。

お前はそのために行くのですよ、といわれても、何のために行くのか、どこへ行くのか、皆目不明でしたから、私はただ女神さまの指を口の中に入れて、無心にちゅっちゅっと吸っていました。そのあたたかい指先から私の口の中には、甘くおいしい汁が出ていました。

苦しみのために行く、とただそれだけしか判らなかった、あの日の岩屋の外の明るい日光を、私は忘れません。

そして、「ああ、私は人間の苦しみをやわらげるために来たのである」と判ったのは、二十五歳、そして、その苦しみのために働くのだとはっきり自覚したのは、三十歳でありました。いまだ苦しみは終らずと、はっきり判ったのは、八十歳になった今年であります。

人間の苦しみ数多い中で、一番の苦しみは執念である、愛着であると判ったのは、今年はじめてでありました。

私は、これで最終のレポートを、女神さまに書きます。女神さま、これが最終のレポートでよろしゅうございましょうか。

私はこれを最終のレポートとして、あとはみなさんの相談相手となって、たのしく、静かな暮らしをし、いずれあなたのお国にかえりとうございます。あのいくぶんかうす暗い岩屋の中に、かえりとうございます。女神さま、私の御用はこれでよろしいでしょうか、と申し上げて。

このレポートは、八十歳になった私がようやくわかった苦しみについてです。人間の苦しみとは、まず病苦であり、そして一身上の苦難でありますが、それらをこえて、自分で自分をどうにもできない、執念というものがあることが判りました。

執念の鬼になったものこそは、一番の苦しみを味わうものであると、判りました。

病には医者があります。二十世紀の医学は、大抵の病気は回復させることができます。きかなくなった手足が動くようになった人々を、私はたくさんに知っています。

しかし、それらの原因が単なる肉体的なものではなく、かつて生存した人の存念が残っていて、それがその人に語りかけるためにおこるのであったら、私はそれを解説してさし上げて、取去って上げることができます。

ふしぎな女の人がいました。髪の毛が、親子二代にわたって、細かくちぢれているというのです。その女の人は、何とかして、すっきりとのびたきれいな髪の毛になりたいと、相談されました。

この話を聞いたときに、私に何が視《み》えたと思います？ 私に視えたのは、荷車に箱を積んだ鳥打ち帽子の人でした。あごの四角いその男は一本の血にそまった棒をもっていて、箱の中ではおびただしい犬が叫び声をあげていました。大正時代前の犬ころし、つまり野犬狩りでした。そして、その男の人と犬とを私が供養したことで、その女の人の髪の毛は二日の間にきれいにのびたのでした。

うれしげに私にそれを見せながら、その人はいいました。

「世の中に、ふしぎという言葉のあることをはじめて知りました」と。

その素直に美しくのびた黒髪を手にとって、私はほろほろと涙をながしました。供養というものの果す役割が、これほどはっきりと判ったからであります。

供養は、ほんの少しの見栄も、外見も、人にみせるような心は不要とします。必要なのは、ただひたすらにあの箱の中の犬をあわれと思い、ただひたすらに、成仏して下されと祈る心だけであります。その他に何も要りませんでした。

犬は一匹づつ、大きい悲鳴をあげて終ってゆきました。人間と同じにあわれであり、人間と同じで少しもかわりませんでした。私の中でも、供養者の中でも。すべては同じです。

私は執着について、長い苦しい一年をとおりました。体はまだ充分に回復していません。しかし私の中には、今、この仕事をしなければ、この仕事をしないで終りそうな不安があります。ですから無理をしてでも、私はこのレポートを書きあげたいのです。この仕事のレポートを女神さまに出さなければ、私はあのなつかしい暗い岩屋にかえして頂けないと思うからです。

「二十五歳で終る身を八十歳まで生きてこれたのは、御使命が終っていないからでした。そうでしょう。ほんとうにそうでしょう?」

私はいくたびも念を押しました。

今生で女をすてている私に、恥しいということはありません。誇りもありませんし、勿論《もちろん》見栄も外聞もありません。おかしかったら大きい声で笑って下さい。くさかったら、離れていて下さい。少しも気のきく人間でもありませんし、勿論いいところのある人間でもありません。このレポート一つさえ仕上ったら、私は自分がこの世の中に何の未練もないことを知ります。

それは愛している人々もいますし、惜別の情を覚える人たちもたくさんにあります。あの可愛い丸いお目々、あの一寸かしげた丸い頭、それら愛している知りあいの子供たち——。この世に花と子供があるかぎり、私はこの世を心から愛するでしょう。

ねえ友紀ちゃん、私はあなたのあの丸いお目々を思っては、いくたびもこの世を心から愛しました。ねえ純ちゃん、あなたの丸い頭を考え、その小さい丸い頭が「ガンダム」の組立てにかしがる姿を思って、熱い涙をながします。それら愛するものたちのその愛らしさにかえても、このレポートは出さなければならない〝ばば〟の仕事です。これを出したらさよならになる、その一つが心にかかりながら……。

さあ、勇気をもちなさい、八十歳よ。

「人間の霊魂のもっている執着が、この世で解明できたなら、あとは何にもしないで、みなさんの相談にのって、のんきに朝からカステラを食べていてよろしいのですね、女神さま。友紀ちゃんのおもちゃを、車に乗ってさがして歩いてもよろしいのですね。純ちゃんに、最新のガンダムをいくつ買ってやってもよろしいのですね、女神さま」

と、私はくりかえし心の中で呼びかけました。女神さまのお指の先からは、あたたかい飲みものがでていて、少しづつ私の舌の上に入ってきました。そして私は回復に向いました。

恐ろしかったこの一年、これが最後と考えたこの一年、これは血をもって書き上げる、私の最後のレポートです。

びしょぬれの犬

夕暮れの町から買いものをして帰ってくるときでした。一寸した町角の電柱のかげから、一匹のうす茶色の犬が出てきて、私の方にまっすぐ近づき、なつかしそうにからだを寄せてきました。水でびしょぬれの犬で、水滴がぽたぽたとコンクリートの上におちました。犬はなつかしげに私のまわりをまわって、立止ってふりかえりました。その表情の何と悲しそうで、不幸であったことでしょう。

突然、声にならない声がして、

「主人をかえして下さい。主人はあなたのために死んだのです」

と、聞こえました。ふと見ると、犬はもう見えませんでした。コンクリートの上の水滴を見て、私はぞっと立ちすくみました。

その夜から風邪をひいたようにからだが寒くて、私はしばしば夜具の中で目をさまして、寝

苦しい夜をおくりました。

「あなたのために！」

どこからともなく声が聞こえて来て、胸が苦しく、じっとしていられない苦悩に似たものが私の中に入ってきました。

「やっぱりまだ終っていない。成仏してもらってはいない」

と、私は思うのでした。

この問題は、私の最後のレポートだと申しました。これにはっきりした結論が出せたら、あとはのんきにみなさんの相談相手をして、静かな老年を終りましょう。だが、どう結論を出せというのでしょうか。あつかおうとしているものこそ、人間の執着、死後に人間がもっている執着のことです。

この執着にめぐり逢うためには、長い準備期間がありました。私が自分の使命を女神さまからいただいて、それに少しづつとりかかって間もなくのことでした。

ふとした時に、私の目の前には、男や女の人が頭の上にものをのせて並んでいる、例のエジプト模様が現れるのです。

そのよく見なれた絵は、視界のすべてをうづめる時もあり、ある時間をかぎって出てくることもありました。そしてその下の畳の上に、見知らぬ男が一人、どてらを着て寝ているのです。そしてその髪の毛から、水がしづくしてたれているのでした。

生活していてときどき現れるこの絵は、私にとって何を意味するのかが皆目不明であると共に、そのときの生理的な気持ちの悪さが残りました。何ともいえない寒気と無気力さ――それが私はいやで、その幻の視《み》えるたびに舌打ちするような嫌悪をかんじました。

こうしたことが三年位ありました。山梨県に縁があって、その田舎へ引き移ったのは昭和二十九年で、私の再会した子供は名古屋の刑務所にいました。そのとき私は五十歳でした。

山梨の住居で少しづつ仕事をしながら、貧しい不自由な生活をしている間にも、その幻はときおり現れました。私はもうなれてきて、あまり気にしなくなっていました。またか、と思う程度になっていました。

引き移ってから、付近のお医者さまに持病でかかることになりました。その交際が半年位のときに新年がきました。はじめてお正月のごちそうによばれてゆきました。

家は新築で、「主人は気に入った設計で、すきに建てたのよ」という奥さまの御自慢話を聞きながら、おせちを頂いて、ふと顔を上げると、上段のふすまが例のエジプト模様でした。あら、と思ったのですが、どこにもある絵ですからかくべつ気にもとめないでいると、

「この絵、いいでしょう。僕は気に入っているのですよ」

と、先生がおっしゃいました。

「ええ、いい絵ですね」

と、私は答えて、つめたいお茶を一口飲みました。何ともいえない寒気が全身をかけぬけるのを押えて――。

この交際が生涯の苦しみになるなどとは、誰が思いかけたでしょう。そのとき、相手も私も、そこにいた人々もまた。

この人は、仮に吉田氏といっておきます。

吉田氏は町の開業医として成功者の方でした。人口五万に足りない町でしたが、それはそれなりに生活が動いていました。町で生計の維持できるお店は十軒位といわれながら、甲州街道ですから車の往きかいも多く、にぎやかな時間もあったのです。

甲州人らしい人々のつましい生活の中で、吉田先生は家を建て、妻子を幸せにすることがで

きていました。

私がその町に住むことにしたのは、めぐり逢った受刑中の息子が、刑を終えてかえってきたとき、親子二人でつつましく、幸せに暮らしたいと思ってえらんだのです。

東京には数多くの派手な生活もあるでしょうし、切るに切れないやくざの仲間もあると考えたからでした。

私の貧しい文筆生活は、田舎でも細々と立ってゆきました。十一月に入ると、子供が刑を終えてかえってくる、そのたのしみがあったのです。

「一切の縁を切るからね。そして何をしてでも親子二人で生活しようね」

と、彼二十七歳、たのもしいことをいってくれました。三歳で別れた子供でも、子供は子供、母は母です。二十五年のブランクを埋めてなおあまりあるものが、二人の間にはありました。私は幸せでした。

吉田先生は一日に一度、注射に来て下さいます。その自動車が家の前の一寸した坂道に止ります。そしていそぎ足で歩いて来られて、家の戸があき、先生は私の床のわきにすわってドクトルのカバンをあけられるのでした。

こんな交際が半年以上つづきました。

この十一月には子供が出所するので、私は貧しい生活の中で、多忙でした。部屋、そして身のまわりのものをととのえるなど、母親としてはじめてのよろこびでありました。

秋の初めの甲州路は、ひんやりとした空気と早く出まわるぶどうではじまりました。

夕刻毎の画像

ある夕刻、もう八時、私がふと自分の部屋のふすまを見ますと、平凡なさらさのふすまが二尺四方位、うすく、みどり色の明るさに形づいています。何だろうと見ているうちに、その四角は次第に明るさを増し、その中央に一人の男の人の影像がうつりました。私の知らない四十すぎの顔です。じっと暗い表情で何か思いわずらう様子でした。おかしいなと見ているうちに、二十分ほどしてその影像は消えてゆきました。

その日はそれですみ、次の日も、八時というときっとふすまが一寸明るくなって、同じ人の影像がうつります。テレビのようで、ただちがうところは、あくまでも声のない表情であるということでした。そんな日が二十日もつづくと、さすがの私も気になり出して、ある日、私の東京の仕事をやってもらっている小父さん――作品中すべてでこの人は「小父さん」でとおります。ドラマ放映のときには、左右田《さうだ》一平さんがやってくれました。本物の小父さんよりあたたかくてなつかしかったです――その小父さんに聞きました。

「一寸これを見てよ。これは誰だと思う?」

するとの小父さんは顔色をかえて、

「これは大変なものだ。人間の執念がこれだけ絵になって人に見えるということは、聞いたことはあるが、見るのははじめてだ」

と、大そう考え込んでしまいました。

「一寸聞くがね、男をおもちゃにしたことはないのか」

と、いきなりです。

「そんなことはありません。知っているでしょう? 私の生活を」

「うん、知っている。近づきになったのが二十代の半ばだから、それからのことは知っているが」

そして一寸考えてから、いきなり、

「こりゃ、吉田先生じゃないか」

「だって、先生が何で？　毎日みえているのに」

「うーむ。しかしこれは吉田先生だよ」

　といって、考え込んでしまいました。たやすいものと考えた傷が、いのちとりになることだって人生にはあります。

「何で？　どういうわけ？　小父さん判る？」

「判ることは、ただ愛着か執着のためにこういう形があるということだけだが……」

　と、あとは何もいいません。その間にふすまの絵は消えてゆきました。こうして毎日八時になるとこのテレビはうつりました。いつも同じ顔でした。そして先生は毎日来て下さって、何の変りもありません。

　秋が甲州路に深くなって、山々が色づき、都会生活の長かった私は、東京から小父さんが仕事をもってきてくれるのを待ちどおしく思うようになりました。子供からは、みじかい通信がときおりありました。その文章のなかなか上手なのがあわれでした。

　ある日、小父さんがこんな提言をしました。

「お医者さまを変えよう。もしかしてあの影像は、吉田先生が君に特別な感情をもっているためかも判らないから」

「そんなことあるものですか。何もおっしゃらないし」

「男はたやすく口に出せない。もし僕の考えていることが現実だとしたら、手を打つのは早い方がいい」

「どうするの?」

「何かのついでに、君はひとりではない、子供のことが片付いたら、僕と再婚するとでもいうことだな」

「いきなりそんなこといえないわ」

「いわなければいけない。影像になって現れるからは、思いはかなり深いと考えられる」

「じゃ、お医者さまを止めましょう。病院の方へゆくようにしましょう。明日、ね、明日おことわりして会計するわ」

十月二十八日、吉田先生は来診されると共に、私に、私に対する愛着を打ちあけられ、妻子をすてて山村の無医村にゆこう、鞄一つあれば生活は立つ、ついて来てくれという話でした。

子供が刑務所にいます。私にどうして、男の情熱に従う自由がありましょう。私は正面切って、かたく断わりました。

男性の希望に従う自由は全く持っていない私は、子供に貞操を立てて、子供の故里を誰にもさわらせないと、主張しました。

これは、長い間の私の信念でした。育てられなかった子供にせめて立てる操でした。

吉田先生は承知されて、沈んだ表情でおかえりになりました。私は東京の小父さんに電話で報告すると共に、しばらくこちらへ来ていてくれるようにたのみました。

十月二十九日、午前中に、私は吉田医院に行って会計をたのみ、お別れする由を申しました。先生はうなづいて、涙をぬぐわれました。注射をしていただいて、さよならをいったとき、私の中で突然、これは殺されるという恐怖がわきあがりました。玄関を出てしばらく歩くうちに、目の前がまっくらになって、私はそのまま倒れてしまったようでした。

町の人は、倒れている私を、旅館をやっている私の知人のところにかつぎ込んだようで、私はその座敷でぽっかり気がつきました。

知人の奥さんが枕許にすわっていて、

「ああ、気がついた。よかった。いますぐ吉田先生は来るわ」

と、いいました。やがて先生は、汗まみれのまっ赤な顔で入って来られました。

「何をしたのです？　すぐ心臓を守って下さい」

と、知人の奥さんはつよい口調でいいました。

「モヒを、定量以上に打ちました」

と、吉田先生は小さい声でおっしゃって、

「一緒に死ぬつもりでした」

と、うなだれられました。

私は強心剤を打っていただいたのでしょう、やがてはっきりしてきました。

先生はうなだれて、しおしおと立ち上りました。先生の姿を見たのは、私たちにはそれが最後でした。全くみじめな姿でしたが、私はまだゆめうつつで、相手の心を見ぬく力はありませんでした。

「誰にも秘密にしておきましょうね」

と、知人の奥さんは、私の耳にささやきました。

「今の顔をみた？　赤鬼というのはああいうのをいうのかもね」

と、思い入れ深く、つぶやいていました。

汗にぬれ、眼の血走った青ざめた顔を、私ははっきりと見ました。

十一月一日はたのしい日でした。

子供を名古屋に迎えにゆくために、小父さんが帽子を買ってきてくれました。

「髪の毛は、剃ってあるからね」

受刑者は丸ぼうずです。私は小父さんの思いやりに感激しました。新しい帽子をかぶった子供がかえって来る。愛する徹也がかえってくる。私は朝からそわそわして、白髪《しらが》の髪の毛をいくたびもかき上げました。

空は明るく、秋の空気は二人のシャンペンのようにおいしかったのです。掃き清めた玄関に、枯葉が二枚散ってきました。

「親子よねぇ」

と冗談をとばしながら、私は待っていました。

知りませんでした。その前夜、吉田先生が自殺されたことを！

渓流の中をくるくるまわりながらゆく

十月三十一日、深夜二時、吉田先生は自宅の裏を流れる川に身を投げました。この流れは川幅はせまいが急流で、音を立てて流れて桂川に入ります。発電所の方から来る水流です。

吉田先生は、その流れのわきのさくらの木で片手を支えて、メスで、頸動脈をズバリと切り、そして、その流れにとび込んでしまわれたのだそうです。血の指あとがさくらの木についていて、草履がぬぎすててあり、恐らく血液は流れながら水で洗われたのでしょう。

そして、うす茶の犬、吉田先生がとても愛しておられた犬は、主人のあとを追って入水したのだそうです。しづくして私の目の前をとおる、あの犬です。

私の家では、私が下手な赤飯をたいて、お頭つき干物を焼いたりして、子供を迎えるのに懸命でした。二十五年の時間をへだてて、いま大人となったその手を再びにぎる幸せ。

「とどいた！　とどいたのよ！」

と、私は夢中でした。

流れを流れて下った吉田先生のからだは、血を全身からぬき出したまま、相模湖という人造湖に流れて行ったのです。五日後に死体はあがり、新聞はこの全盛の開業医の自殺を、家庭の事情と書いていました。

町でもみんなふしぎがって、よくよく奥さんは気性がつよいなどといっているようでした。許して下さい、吉田先生。この他にどんなことができたでしょう？　私に。

メスの手にすがって止めることができたにしても、先生の希望をとおすどんな道が、この人生にあるというのでしょう。

子供は小父さんと二人で、夕刻着きました。

小父さんが次の日の朝刊を片手に、

「やったじゃないか。困ったことだな」

と、私にいいました。私は黙ってうなづいただけでした。五日目に、葬式の前日、私はおくやみに行きました。

吉田先生は、かつて私の見たように、エジプト模様のふすまの前に、どてらを着て横たわっておいでした。見たとおりに、髪の毛からしづくがおちていました。

「何にもいわない人で、少しも判らないのですよ」

と、奥さんが黒を着て、すわっておいででした。私はさりげなく、おくやみをのべました。そして花のたくさんかざられた玄関を出ようとすると、つよい力で肩をつかまれました。

「この執着を、切ってみろ！　切れるか」

と、耳にはっきりと声がしました。

「執着は、人間の中で一番つよいものだ。切れるものなら切ってみよ」

と、もう一度声がしました。

私はうなだれて帰ってきました。

子供は、私の顔をみると、

「さっき家の前に自動車が止まってね、誰か来たのかと思ったら、誰も来ないのさ」

と、笑っています。小父さんはお茶を飲んでいましたが、一寸私の顔を見て、

「長いたたかいになるよ、これは！」

と、いいました。私はうなづいて、

「でも、私は何にもしていないから」

と、いいました。

「執着というものは相対《あいたい》づくのものではない。一方的なものの場合だってあるさ」

と、小父さんはいいました。小父さんの言葉はあたっていました。全く長いたたかいになったのです。執着というものがなかったら、人間はすべて極楽にゆくでしょう、と考えるほど私を苦しめたものが、この日からはじまりました。

あれから三十年です。女神さま、これでこの執着は終るのでしょうか。私のレポートは、受けて頂けるのでしょうか。私は八十歳です。

子供が手のとどくところにいるということが、人生でこれほど幸福なことであるということをはじめて知った私は、生き生きと仕事もするし雑用も片付けはじめました。一生のうちで一番幸せなときでした。

ある日子供が、

「ママ、一寸聞くけれどね、男の人をかまって、ふみにじったことはない？」

「さあ、そんな事はありませんよ」

「だけどおかしいなあ。四十七歳位の体格のいい丸顔の人だけど」

「その人が何か？」

「うん、夜やってきてね、僕を抱きしめるんだよ。そして、『あなたのために』というんだな」

「へえ」

「あなたのために、といってはらはらと泣くんだよ。気持わるいなあ。それが夢じゃないんだから」

「夢でしょう?」

「刑務所に何年もいた男だよ、僕は。夢なんかにおびえたりしはしないさ」

「じゃ、実際に来るの?」

「来るったって人間の体で来るんじゃない。あれを幽霊っていうのだろう。僕はママも女だから、男のことの一つや二つでびっくりしはしないさ。だけど、あれにはまいるなあ」

「うん、それが、全身びしょぬれでいるんだ。そばへ来られると、寒くてね」

私は、やっぱりと思いました。しかしそれほどはっきりと形に現れるとは、考えてもみませんでした。私は聞きました。

「どんな服装の人?」

「白衣を着ているよ。医者だね、仕事は」

「やっぱりそうなのね」

といったまま、小父さんと私は顔を見合せました。執念こそは人間の中で一番深いと聞いていました。しかし、形になって、夜毎子供のところへ来るのでは、ほうっておけないと思いました。

当地の習慣で、土葬と聞いています。

次の日お寺へ行って、お参りをしました。

しかしそんなことでききめのある人ではないのです。子供はついに音《ね》をあげて、

「この家にはいたくない。下宿させてよ」

私は子供が勤めはじめた工務店の近くに家をみつけて、下宿させました。

「かくべつのこともありません。よく眠れます」

と、返事が来て、はじめての月給からお小使をくれました。私はそのお札を押頂いたものでした。

自動車の止まる音、そして小父さんは東京から引越して来てくれました。

あるとき小父さんはしみじみいいました。

「霊体が人間の形をなして人に視えるためには、あちらは大そうな苦悩をしているのだというけれど、昨夜も僕の枕許にすわって、ふとんをはぐるじゃないか。そして、『ちがった』といったよ。まちがえたんだなぁ」

私は夜の十一時になるとはっきり目がさめて、部屋に入ってくる気配を感じ、何かいっているのが聞こえます。しかし、自分のことですから、仕方がないと思いました。

「ほんとに許して下さい。仕方がなかったのです。私に何ができるというのでしょう」

というと、そのまま立去ってゆく気配です。

そのうちに子供の方に昔の仲間が押込んできたり、いろいろの出来ごとがあって、その次の年、子供は舌癌のために死にました。

私の人生は再度、ほんとうに孤独になってしまいました。もう世界のはてまで行っても彼はいなくなったのです。どこかにいると思っていたときと、もうどこにもいないと判ったときとの違いは大きいものでした。

私は細々と仕事をしながら、七十九歳を迎えました。吉田先生が死なれて三十三年目でした。

私の知りあいがある夜、私の家に入ろうとすると、はっきりとした男の声で、

「今年こそ、決着をつけるぞ」

と、はっきり聞こえたそうです。その声の暗くてこわかった様を説明して彼女は私に、

「何かもめごとがあるの？　すごい声で、決着をつけるぞって聞こえたけれど、誰もいないのよ」

と、いいました。

「そんな決着をつけなければならないことは何もないわよ」

と、かくべつ借りもなかったので私は平気でいました。かくもひどい決着をつけられるとは、ゆめにも考えなかったのです。

私の仕事を手伝ってくれる人が泊ると、必ずそのわきを、吉田先生が真夜中にとおるそうです。人相も、骨格も、誰もが知るようになりました。

「あの人、また来たわよ」

と、誰もがいうようになりました。十一時から二時まで、一晩中そばに来ていられて、私は

ねむれない夜がつづき、あげく、ある夜、とうとう頭をつよくこづかれました。

死だけを考えた時間

次の日から左手がしびれ、口が少しもつれるので、お医者さまに来て頂きました。

脳血栓と脳梗塞の診断がついて、すぐ入院です。

昭和五十八年の七月十三日でした。

その入院以来、私は全く自分自身を見失ってしまったように、生きてゆく意志をなくして、死ぬことだけを考えるようになりました。

付き添いについた人に対して、病院のあらゆる対応に対して、暗い気持で応対してしまいます。病気はさほど苦しくはなく、むしろ、昔からの持病は回復していると証明されているのに、全く気持がおちこんでしまいました。面会謝絶で、誰も来ないのはもちろん、することなすことが何か不幸で、あんな精神状態になるとは自分でも全く思いもかけませんでした。

死ぬことだけを考えているのです。

吉田先生はいつも私のわきに立っていて、それが現実のお医者さんかどうかも不明です。

「死ねばいい、死にさえすれば」

長年の借りがすむような心で、私は死だけを考えていました。愛している人々、私のことを考えてくれると思う人も、みんな全く私から遠くて、この世の何も要らなくなってしまいました。

あれをノイローゼというのでしょう。

私は日々吉田先生に側に立っていられて、一刻も早く死ぬことだけを考えていました。ときおり、はっと気がついて、そのときにはこれを〝つきもの〟というのだと判るのです。判っていて、どうにもならないのです。

あの力の圧力、あの力の強力さ、かねて人々に説明して上げていたものをはるかに上まわって、ただ死ねば用がすむとばかり、毎日、毎日、自殺の方法を考えていました。

吉田先生は一刻も私のわきをはなれません。つれて行こうという姿勢がありありとわかります。全身びしょぬれですから、その寒さといったらないのです。手からはじまって、全身が寒くなると、呼吸が苦しく心臓がせまってきて息が苦しくなるのです。

土台、今度三度目の入院にしてからが、吉田先生のせいでした。頸動脈をスパッとメスで切って流れにとび込んだときのまま、私の全身は水の中をくるくるまわりながら流れてゆく感覚ですからたまりません。寒い寒いといいとおして、心臓が苦しい、呼吸ができないと苦しがるのです。それほど寒がって、熱が上るでもなく、心臓も平常とあっては、発作の回数が加わるほどに、原因不明となりました。精神科の話が出ても当然でしょう。

「今では、精神科も内科に入るのですよ」

と、なぐさめ顔の先生を前にして、

「たたりです。執念でやられてるのです。びしょぬれの犬がとおるのですから」

などといおうものなら、ベットに寝たまま車に乗せられてしまいます。そこで吉田先生がにんまりと笑って、してやったりとわきに立つに於ては、私たるもの何とも説明の仕方がないのです。精神科へもってゆかれて、いろいろとテストされては、助かる道はありません。

もともと、文筆業などをする人間は、

「太陽はどんな色ですか?」

と聞かれて、

「紫色です」

と、答えかねません。重症病棟、疑いなしです。私も考えてしまいました。そして歯をくいしばって、二度と寒い寒いをいわないことにしました。精神科へ入れられては、出てこられる見込みはありません。びしょぬれの犬がとおるなどといったら、二度と出られないと思ったからです。そして、それから三日目には回復して、退院してきました。吉田先生の不満そうな顔が視えます。いのちをとりそこなったのですから。

人霊の執念の深さを、身をもって経験させて下さったことに御礼をいうべきなのですが、あんまり辛かったので、私は少しばかりすねているのです。水の中をからだから血液を流しながらくるくるまわって流れてゆく、あの感覚など、人に判りようがありません。

ただ苦しい苦しいと、うなるのです。心臓の手当がされて、酸素吸入がされます。すると少し楽になるのです。

こういうたたかいが一ヵ月つづきました。

友人は誰も来ません。一言のぐちもいえないのです。あんな絶望は私にとって生れてはじめてでした。

私はたたかう力も失せて、

「吉田先生、つれて行って下さい。そしてらくにして下さい」

と、頭を下げてしまいました。

そのさいごの時に、ふと、私の頬にあたたかいものがふれました。女神さまの指でした。私は夢中になってそれに吸いつきました。あたたかい液が、少しづつ舌の上にかんじられました。

「人霊の執着というものが判りましたか」

と、かすかに、耳に聞こえました。

「人間のもっているものでは、一番深く、烈しいものですよ」

と、きこえてきました。

「判りました、女神さま。助けて下さい」

「執着の実態とは、このようなものです。よく判りましたか」

「はい、全くよく判りました。もう、これで助けて下さい」

「助けて上げましょう。しかし、よく、執着というものを知るのですよ」

「知りました。人々に生命の貴さを説き、何としてもがんばりなさいといっていた自分が、これほど死を求めるとは思いませんでした」

「そうです。それが人霊の執着というもので、人間のもっているものの中では、一番つよいものです」

「七十九歳をもって、よく堪えました」

と、女神さまはおっしゃいました。と、すーっと私の中から苦しさがとれてゆきました。

吉田先生は視えなくなっていて、かわりに係の先生が、

「どこも悪いところはありません。二、三日中にかえってよろしい」

と、おっしゃいました。

「ありがとうございます。たすかりました」

と、私は、あつい涙をはらはらとこぼしました。これで漸《よう》く三十三年の執着から解放されるかと思うと、あつい涙と共に私の胸にはつき上げてくるものがありました。

「人間の思いの中で一番つよく、一番烈しいもの、これこそは執着。執着とは、いのちと引きかえのものであることを、私ははじめて知りました」

白き一輪の花

恐らくこれが私の一番おしまいのレポートになるのでしょう。これを何をもって解決するかということが、一つの宿題として残りました。結局、みんなはめんどうになって、生命をすてて解決するのです。いのちをすてて解決してはなりません。では何をもって解決するのでしょうか。女神さまはただにこにこ笑っておいでです。そうです。やはり愛情と、思いやり、これより他にありますまい。

かつて吉田先生が私に執着されたときに、私の中にはただ冷たい否定だけがありました。思いやりは全くなくて、ただ自分を安定におくという思いだけでした。

しかしいく分かの思いやりを持ったら、私はきっとその情におちたでありましょう。情におちることなく、相手を理解して、同情するということが、はたしてできるでしょうか。それができなくてはなりません。

思いやりつつ、決して情におちないもの、それが一番大切なことでした。思いやりつつ情におちないとは、理解でしかありません。

理解とは、相手を解ってやるということです。はたしてその一つの線を、私は歩けるでしょうか。歩けたでしょうか。私は暗然として、しばらく我を忘れていました。

理解力をもって解ってやりつつ、おちないということ、それは智恵でしかありません。智恵とは、かしこさであります。理智であります。私にはそれが欠けていたのでした。

「女神さま、そんなに智恵があるものでしょうか、人間には」

と、私はたづねました。

「なければなりません。それを創《つく》ってゆくのです。自分の中に、その力を創ってゆくのです」

と、おっしゃいました。

「あなたは、一切が片付いたとき、はじめて智恵をもつことができます。解っていて落ちない力を、理性というのです。人はたやすく理性といいますが、はたしてほんとうの理性をもてる人がいくたりあるでしょう」

「いくたりもなくても、理性をはっきりと持たなくてはなりません。それこそは、人間の執着の力を押し切れるものです」

「判りました。いのちをかけて、よく判りました」

と、私は申しました。

女神さまがかすかにうなづかれたと思いました。私は疲れはてて、こんこんとねむってしまいました。

「私の愚かさを、お許し下さい」

「愚かなのではありません。それが人間のあたりまえのすがたです。しかし、あたりまえだからといって、安易に許しておくわけにはゆきませんよ。汗と涙を流して理智をもたねばなりません」

私はうなづいて、そしてはじめて目を上げました。びしょぬれの犬はもういません。水びたりの吉田先生も視《み》えません。

私は月光の中に、一輪の白い花を視ました。

「よくなったら、白い花をもって、吉田先生のお墓に行ってみます。ソロモンの栄華だにこの花の一輪に叶《かな》わず、といわれたことばは、これなのだと、私の中にはっきりと判りました。至難なことであるからといって投げ出してはならない。生命をすてて、解決してはならない。最後までたたかって、生きてその理智を自分の中に創るのだ。それがほんとうに生きているとい

うことだと、私の中に判るものがありました。

一輪の白い花がソロモンの栄華にまさるのは、いのちをかけて勝ちとったものであるからだ、と私の中に判るものがありました。

さようなら、吉田先生。あなたの執着で、三十三年の間、私は苦しみました。そしてはじめて、理解しながら迷わないということが、どんなに大切なことであるかを学ばせて頂きました。

私は今年八十歳になります。朝に学べば夕に死すとも可なり、といった昔の人のことばがはじめて判りました。

私は七日目に退院いたしました。

からだは弱っていて、仕事はできませんでしたが、以前よりより細かく、より鮮明に、いろいろのことが判るようになりました。

体力が出来たら、また仕事をいたします。

びしょぬれの犬は、あるじをさがして、永久に水ぎわを歩かなくてはならないでしょう。けれども、私はもう、そのしづくのたれる姿を視《み》ることはないでしょう。

人間の中で、一番手重く、一番きびしいという執着に、三十三年苦しみました。そして、それを解決するのは愛情でしかない、おたがいによわい人間である、同じ人間であるという愛情であることが判りました。

解って、落ちないということは、智恵であり理性であることが判りました。何という愚かさ、それ一つが判るために三十三年も苦しみました。

けれども私は、それを恥しいと思いますまい。それだけしかできなかった自分を、ありのままにして、そしてその理智を学んだことをかくし立ていたしますまい。

私はこんな愚かな人間です。でも三十三年間かけて人霊のもつ執着を学び、そしてそれに今生で打ち勝つためには、理智という知恵が入用なことを学びました。

八十歳です。ばかな人間だと、笑って下さっていいです。

ただあなたが、愛情でも金銭でも、地位でも、権力でも、何事でも、輝かしい自己を引きつけるもの、持ったらうれしいもの、大切に考えられるものにゆきあい、それと人間の道とがゆきちがったときには、この愚かな年寄りの苦しみを思い出して下さい。

ソロモンの栄華だにこの一輪の花に叶ふまじ、という古語は、私たちにとって大切なことばでした。

私は回復して帰宅いたしました。

三十三年の吉田先生の執着を、漸《ようや》く終らせることができた私は、しばらく休んで、また仕事をしようと思います。

あの暗くつめたい岩屋の中で、女神さまは笑ってみつめていて下さいます。この下手でゆきとどかないレポートをお受け下さいませ。

てるよはこんな愚かな女です。でもただいちども、自分をいつわることをいたしませんでした。最後の最後のときまで、自分を投げ出しませんでした。

第三章　かなしみのかぎり

かなしみのかずかず

先日、若い女性の訪問を受けました。

子宮筋腫ということです。少し悪質なので原因をみて頂きたいと、うつむいて、おとなしい姿でした。

「はい。お国はどちらですか」

といった瞬間、その女性の後に五十歳位の一人の老婆、やせて骨っぽい、目の細い、唇のうすい女が立ちました。まともに私と目が合うと、あたりは一面に田舎の貧しい風景となり、一軒の百姓家の中のある部屋になりました。今や一人の妊婦が出産をしたところで、つまりこの女は昔のとり上げ婆さんです。左手で赤子をつるすと、右手で、重ねてある白い紙をぴしゃっーと水にぬらし、つるしている赤子の顔にはりつけました。あっ、と思った瞬間、赤子は小さいやせた手で、その紙をとろうとしきりにからだを動かしていましたが、やがて力つきて、静かになりました。婆さんは手許の新聞紙にそれをくるむと、そこいらを片付けて、妊婦の処置にかかりました。

私は全身ふるえ上って、息をのみながら、あつい涙のあふれてくるのをのみ込みました。ああ、この悲惨――つまり〝間引き〟の情景です。あたりの消えてゆくにつれて、私はその人にいいました。

「あなたのお祖母さん、何していらっしゃった方ですか」

「ええ、田舎で、知りあいのお産なんかを手伝っていた、やり手の人でした」

「そうでしょうね」

というと、再び、小さい赤子の姿が一つ二つ三つと視《み》えてきました。何体やっているだろうとかぞえてみると、十七体。そしてやがて、一人の若者が竹藪を掘って、その新聞包みを埋め

郵便はがき

恐縮ですが
切手を貼っ
てお出しく
ださい

1 6 0 - 0 0 0 4

東京都新宿区
四谷4－28－20－702

(株) たま出版

ご愛読者カード係行

書　名				
お買上 書店名	都道 府県　　市区 郡　　書店			
ふりがな お名前			大正 昭和 平成　年生　歳	
ふりがな ご住所	□□□-□□□□			性別 男・女
お電話 番　号	（ブックサービスの際、必要）	Eメール		

お買い求めの動機

1. 書店店頭で見て　2. 小社の目録を見て　3. 人にすすめられて
4. 新聞広告、雑誌記事、書評を見て（新聞、雑誌名　　　）

上の質問に 1. と答えられた方の直接的な動機

1. タイトルにひかれた　2. 著者　3. 目次　4. カバーデザイン　5. 帯　6. その他

ご講読新聞　　新聞	ご講読雑誌

たま出版の本をお買い求めいただきありがとうございます。この愛読者カードは今後の小社出版の企画およびイベント等の資料として役立たせていただきます。

本書についてのご意見、ご感想をお聞かせ下さい。

① 内容について

② カバー、タイトル、編集について

今後、出版する上でとりあげてほしいテーマを挙げて下さい。

最近読んでおもしろかった本をお聞かせ下さい。

小社の目録や新刊情報はhttp://www.tamabook.comに出ていますが、コンピュータを使っていないので目録を　希望する　いらない

お客様の研究成果やお考えを出版してみたいというお気持ちはありますか。
ある　ない　内容・テーマ（　　）

「ある」場合、小社の担当者から出版のご案内が必要ですか。
希望する　希望しない

ご協力ありがとうございました。

〈ブックサービスのご案内〉

小社書籍の直接販売を料金着払いの宅急便サービスにて承っております。ご購入希望がございましたら下の欄に書名と冊数をお書きの上ご返送下さい。（送料1回210円）

ご注文書名	冊数	ご注文書名	冊数
	冊		冊
	冊		冊

て、足でふみつけているのが視えてきました。竹の葉がはらはらと散ってくるしめった土、私はその土の上にすわって、「許して下さい」と、いいました。

「許して下さい。これが日本の百姓の生活の守り方だったのです」

涙はあふれてなかなか止まりません。心の底から怒りがこみ上げてきましたが、生活のために仕方がなかったのです、といういいわけが、また私をとらえました。

この悲しみに堪えて、お百姓さんたちは年貢を納め、田畠を耕作したのでしょう。

許して下さい。私はまた手を合せました。

この女の人は、十七体の間引きされた赤ちゃんの供養がすんだころ、筋腫が小さくなって、手術の必要がなくなりました。ありがとう存じますと、晴々しい表情でいってこられました。

私の耳には、再び竹の葉の風に鳴る音が聞こえました。私は、もういちど涙をぬぐわなければならなかったのです。あの小さい手は私の目から消えませんでした。かなしみというのは、こういうものだと判りました。

ある日、三十代の若い紳士が来られました。

「雨の降るたびに、土砂くずれがするのです」

それは私の家からよく見える山のことです。道は、中央自動車道路です。

「なぜ、一寸した雨にも土砂がくずれるのでしょうか」

と、たづねられました。

私には落城間近の戦乱の混雑が視《み》え、たき出しの女たち、剣をもって右往左往する侍たちが視えてきました。そのうちの二十九歳位の、顔立ちのきりっとした侍が出て来ました。

「この城は、小山田備中守の城です。武田家に攻められて、もう落ちるのです」

若侍は丁重な態度で、

「私は侍頭のもので、最後を見とどけてから、殿のおともをいたすのです」

と、いいました。

「なぜまたこんなことになりました?」

と、私はたづねました。

「殿は決して武田家に反逆しているのではないのです。すべて誤解のはてです」

「どうして、誤解されたのですか」

と、私はたづねました。若侍は悲しそうに、

「小山田備中守という人は、いい人なのですが、とても朝はきげんがわるいのです」

「寝おきが悪いのですか」

「午前中は、不気嫌なのです」

今でいう低血圧か何かでしょう。

「丁度、武田家の使いが来たときに、ぷんぷんしていたのです。それで使者に立った人は、反逆心あり、とみたのでしょう。それが運命のわかれみちでした」

と、若侍はうなだれました。いろいろあって、武田家に攻められて、落城するのです。

「子供たちは集めて、たのしいところへつれて行ってやるといって、刺し殺しました。赤ん坊は、この裏の崖から下に投げすてました。あわれでした」

と、涙をふきました。

「私たちはみな妻子を始末して、最後に九人、腹を切りました。私たちは九匹の蛇になって、この山に残っているのです」

「雨が降ると、身動きをなさるのですね」

「そうです。どうしてじっとしていられましょう」

私はそのことを道路公団に報告して、九人の供養をいたしました。公団では、私のいい分と古い歴史とを照らし合わせて、少しもちがっていないといいました。ただちがっているのは、反逆とみられた殿さまの午前中のきげんの問題でした。その年の末に、私は公団からあいさつをもらいました。どんな風雨があってもそのあとは土砂くずれがしないそうです。

山はさくらの名所、今年も春が来ればさくらの花はきれいに咲くでしょう。蕾のままに崖から投げおとされた、幼いいのちをあわれむかのように――。その可愛いい肥ったおしりが、岩に打ちあたるところを考えてみて下さい。大人の生きる姿の裏に、いつも損をするこの幼い人たちのことを考えてみて下さい。大人のすることがどんな理由があるにしろ、どんな立派であるにしろ、小さい人々を崖から投げおとした稚子ヶ淵の名の消えないかぎり、許されていいということはありません。まことに何も知らない犠牲者を出すにおいては、人間の歴史の自慢は永久にできないものと私は思います。

中央道のその山の下は、かなりの風雨にもその後は土砂くずれをしません。九匹の蛇になった人々は納得したのでしょうか。ただあつい涙と、心からの愛情より他に何もできない年寄りの心を、汲んでくれたのでしょうか。私は、さくらの花の色をとおくから見るたびに、そのときの若侍のりりしい、男らしい姿を思い出します。

背中に貼りついた黒いステッカー

幼い子供を葬り去ること位むつかしいことは、私の仕事の中にありません。学校の生徒の問題は、ほとんどが母親の中絶からきています。

どうしても学校へ行かない、何かいうとすぐ暴れて、家中の家具をこわしたり、母親に噛みついたりする、といって、手にけがをしたお母さんが来ました。中絶は三回、その供養でおとなしく学校へ行くようになりました。

彼にいわせると、勉強をしていると無性に口惜しくなってくるのだそうです。理由もなしに、ただ口惜しいのだそうです。ノートがきたなくて口惜しい、消しゴムがうまく消えなくて口惜しい、そして口惜しがっているうちに、つい母親に口ごたえをしてしまう。一つ口ごたえをすると、重ねてなお口惜しい。何で口惜しいのか少しも判らない。一つの口惜しさが二つになり、三つになると、机に向うとすぐ口惜しい。みんな憎らしくなって来て、何がどうでもいいじゃないかと思えてくる。

そして、自分を制して、その口惜しさはどこから来るかを考えていると、黒い丸いふわふわしたものが、ぴったりと背中に貼りついてくるのだそうです。

それが何であるか全く不明なので、むしりとろうとすると、なおしっかりついて来るのだそうです。シャツを着かえてみる。シャツには何もついていない。新しいのにとりかえて机の前にすわると、その新しいのにまた何かついてくる。気になってならないから、もじもじしている。勉強が手につかないで、水を飲みに階下へおりてゆく。すると母親が、「何しているの。ちゃんと勉強しなさい」と、こごとをいう。それがしゃくにさわって、大きい足音で上ってゆく。こういうことをくりかえしているうちに、だんだんと勉強がいやになって、母親がにくらしくなるのだそうです。

丸いふわふわした黒いものは、亡き弟の霊であって、兄がうらやましい、さびしいから、そのからだに近よってついてみる。すると何か救われるような気がするので、またくっついてみる。むしりとられるのがさびしいから、いつもついていたい。ついていると何か安心のようでついている、ということです。

その黒いステッカーを、私はむしりとって、私の供養台帖にはさみます。すると子供は、はっきりと顔を上げてにっこりするのです。

はじめは、ほんの一寸した気になることから始まります。その気になることとは、中絶された兄弟の霊です。さびしさに堪えかねて、兄弟のからだにつくのです。すると、つかれた相手は気になる。そうしたことからはじまって、学校へ行くのがいやになったのです。しかし黒いステッカーがとれて、さっぱりした子供は、学校へ行くようになりました。

ねえ、君。君のせいだけにするのはみんながわるいのです。君をなまけものだときめたり、不勉強だときめたりするお母さんが、責任の本人じゃないですか。登校拒否問題はこの悪循環を繰り返し、大人の解釈でだんだんこじれてゆくのです。どんな偉い教育論をもってしても、背中のステッカーをとらないかぎり子供は承知できません。二枚、三枚と、私は供養帖にはさんだステッカーを重ねてゆきます。すると、三枚になると、それにかすかな光がさすのです。私の中で、水子は三人で一人前になるのだな、と判ります。

私の大切な大切な、黒いステッカー。

それが三枚で一人、六枚で二人、九枚で三人、そして十二枚で四人。この水子の霊が三十六枚になったとき、とてもたのしいことがありました。供養帖から光がさしたのです。

まあ、うそだと思う人は、お勝手です。笑って下さい。あなたの子供さんが、シャツの背中に亡霊のステッカーを何枚つけているか判らないから、笑えるのです。

三十六枚になったとき、子供はみんな、ちぎられた手や足や、くだかれた頭をちゃんともって、一人前の子供になり、十二人そろいました。

子供たちはこれから、幸せのくにへ旅立つのです。一人では三分の一。ですから三人で一人前。一人前の人間になるのは、不幸な仲間がより集ってです。ちぎられた手や足もみんな取りもどしました。一人の人間になれたので、供養を受けることができるのです。

空にきこえる美しいうた

私の中で、きれいな音楽が鳴ります。私は喜多郎という人の音楽がすきなのですが、それはあの人の音楽の音の中に、この水子の立ってゆくときの音と同じなのが一音あるからです。音は自由に鳴りひびき、私はひざまづいて手を合せ、名残《なごり》をもって見おくります。

とおく澄んだ空に、一人一人は羽をもって天使になって、そろってとんでゆくのです。どこへ？　それは女神さまより御存じないでしょう。でもよろしいじゃないですか。どこへ行くと

も、病院ですてられたところよりよいところにきまっています。

「さようなら、幸せになるのよ」

と、私は心の中で、その妙なる音楽をききながら、幸せに供養帖を抱きしめるのです。

兄弟の背中に、さびしさのあまりステッカーになってついていても、救いはありません。母親はじめ、先生方にお説教をされている兄弟や、あばれている姉妹と一緒にいるのは辛いことです。自分の無念ばらしはしてくれるのですが、そのためにみんなに叱られているのをみるのは辛いです。水子は三人で一人前です。ですから引受けた供養は三十六人で一クルーになるまで、私の手許にいるわけです。

生きていれば、喜ばれ、祝われ、人々にほめられた子供たちです。ですから七五三とか成人式の頃になると、学校はもめるにきまっています。だって、不公平ですから――。姉妹がきれいになっておめでとうをいわれています。何がおめでとうですか。手足をきれぎれにされて葬り去られ、一枚の紙と印だけで終った自分が、残念でないわけはありません。

先日、ある娘さんが、「おばあさん、おばあさん」と、私に呼びかけました。彼女に水子のことを聞くと、「さあ、判んない。男と大ぜいあそんでいたから」と、けろりとしています。

私はおこりました。

「たやすくおばあさんなんて呼ばないでよ。これは、血統正しい、清い人生を生きている子供たちが呼んでくれる、大切な名です。そんなふしだらなあなたに呼ばれるわけはないわ」

と、私があんまり烈しい口調でおこったので、娘さんはびっくりしていました。そうじゃありませんか。私は、らくをして年寄りになったのではありません。水子の数さえ考えないような人にたやすく呼ばせません。それだけの理由は私にはあるのでした。娘さんはしゅんとして帰りました。心をいためなくてもよい。法律も許しているのですから。でも、せめてあわれと思ってやって下さい、いのちなのですから……、と私は娘さんのうしろ姿をみつめました。

たとえば、死ぬ人にしても、人に殺される人にしても、その死の瞬間には自分は死ぬのだと自覚いたします。ところが水子に限って、生きてゆくつもりでルンルン気分のところを、いきなりやられるのです。どうして判るでしょう。判らせるためには、もちろん本人に判らせることができないのですから、三体を集めて一人の人間として、それから判らせるのです。ですから時間がかかるのは仕方がないのでしょう。それでも、はるかな空にあの妙なる音楽がきこえて、みんなで立ってゆくときのあの不思議な思いは、私の女神さまがして下さることの中でも、一番美しいものの一つではないでしょうか。縁あって私の手許にあずかったこの三分の一のものを、一人の人間にしていただくことができるのです。幸せといわねばなりません。黒いステッカーをおろそかにしないで下さい。中絶はみんなが許しているのですから仕方がないでしょう。口や鼻にぬれ紙を貼られる子供もいるのです。

大人が生活して行くために、です。その悲惨の下で、大人は生きてゆくのです。

戦争はもちろんのことです。

こういう人がいました。広島の人で、全身が湿疹でなおりません。私の目には、原爆が視《み》えました。全身のやけどに苦しんで、線路のわきにころがっていた男は、汽車が来るのをまっていて線路にころがり込み、汽車にひかれてその苦痛からのがれました。その人が視《み》えたのです。何人《なんびと》も責任をとらないその悲惨を、その人は湿疹という苦痛で、僅かにかかわりあって苦しんでいるのです。

もちろん、なおりました。しかし、やり場のないいきどおりを私は感じました。

いろいろの悲しみや不幸をみているうちに、私は霊というものの働きも、ききわけ方も怒りも、みんな判るような気がします。

生きているうちにこれらを明白にしておきたいと、今度はつくづく感じました。

八十歳といえば、もうゆくさきが長くはありません。一人の愚かな年寄りが身をもって判ったこと、女神さまに判らせて頂いたことは、生きているうちに書き残しておきましょう。「なに、視えるって？　そんなことがあるものか」というのなら言って下さい。

生きているままの姿で視えるのです。仕方がないでしょう。

何を霊というか

麻酔をかけると自分はねむってしまい、そして肉体をどうでもして頂けます。しかしそれがさめると、霊と肉とは一つになります。

〝精神〟と俗にいうものは、必ずしも肉体と一緒のものではありません。

世俗にもよく、死期の近い病人が逢いに来たという話を聞きます。霊だけが活動しはじめたものです。

四十九日は家の屋根のむねにいるといわれる死者は、四十九日たつと完全に肉体をはなれることができて、ひとり立ちができるのでしょう。ひとり立ちのできた霊というものが、たしかに存在することを私達は知っています。

私は、家族の死者は家族の中に帰ってゆくことを知っています。ですから、お婆さんのリューマチスが、娘さんの手にいたかったといっても不思議なことはありません。

リューマチスなどは、お婆さんとの話し合いですぐなおります。

「わかった、わかった。どんなに痛かったか判るから、もう忘れてね」

というのが供養です。

「うむ、忘れようよ、ごめんね」

と、お婆さんがいってくれる人がたくさんにあります。

つまり、さしさわりとなるのは、その思念がつよいか、深いか、当方に判らないかの問題です。判ってもらいたい、それが霊の希望と思われます。なつかしいのでしょう。人恋しさは生前と何の変りもありません。

ある日、一人の友人が小さいびんにきれいな水の入ったのを、私の机の上にうやうやしくおきました。

「何のお水なの?」

と聞いているうちに、見たことのない南方らしい原野がひろがって視《み》えてきました。荒地らしい土地を、夫婦らしい、やせた貧しいお百姓が二人で耕しています。そのわきに目の大きい、頭の大きい、一寸おでこの四つ位の男の子がいて、そこへ四十五、六歳の一人の男の人が、手押車を押してやって来ました。

その小父さんは、この子供をもらってゆくのか、連れに来たのでした。夫婦はそれをかなしみながら、いま別れるところでした。小父さんは子供を車にのせました。子供は半分はだかですが、その体からかすかに光がさして来るのです。いい目をしていました。

「オーラというものがあるとしたら、この子供はすばらしいオーラのある子供ね」

と、私がいいました。友人はうなづいて、

「あなた、それはマホメットさまですよ」

「え？　四つ位で、どこかにもらわれて行ったの？」

「小父さんにつれられて行くのです」

私はびっくりして、

「マホメットさまが視えるのは、このお水に由来があるのでしょう？」

「そうです。これは聖地のお水です」

私はびっくりして、頭を下げました。万人に仰がれる子供は、こんな小さくともすばらしいオーラをもっているものだと知ったからです。

魂の力というものは、生れつきのもののようです。しかし生前の執念によって、その霊の現世に及ぼす力の差があります。

何代ものあいだ、男子が生れないという家がありました。たった一人だけいたといういとこの写真を見ると、激しい渓流の音がして、子供をおぶった二十五、六の女が、投身自殺をするところです。

「この流れはどこ？　烈しく岩にぶつかっているわ」

というと、

「そうです。奥多摩です。よく判りますね。それは曽祖父の手がけた女です。おさよさんといって、大そう恨んで死んだそうです」

「さればこそ、七代たたって男の子が生れないようにしたのでしょう」

「そんなばかな！」

「けれども、実際に生れなければ仕方がないでしょう。供養して、承知してもらいましょう」

それから二年、いま当主の奥さんはやんちゃな男の子をつれて来て、「これは先生にいただいた子供よ」と、冗談をいいます。

故人の意志にどの位の力があるか、それは問題です。「何で私にたたるのよ」と、怒る人もあります。しかし、医学第一、因縁第二といっている私は、現実だけに立脚してものをみます。たたられるわけはない、とどんなにいばっても、現に子供が背中に黒いステッカーを三枚も貼っていては仕方ないではありませんか。

すべて理屈どおりには働きません。なぜ鉄砲で撃ったいのししの子供が、自分の子供の腎臓病の原因になるか、理屈ではないのです。

理屈で私にくってかかるより、病気をなおした方がいいではありませんか。私は他意があっていっているのではないのです。視えることより他に何もいっていないのです。

「そんな小母さん知らないわ」

と、どなっても、父の代で投身自殺した小母さんは、その娘さんの婦人内臓にいつも冷たい氷を押しつけているかもしれません。みんなで供養して、よい子を産んだ方が勝ちだと私は思います。そうではありませんか。

この世の見栄や外聞は、この世の各人のはかないプライドです。社会的に立派な父親であろうと、うなるほどお金をもっていようと、手製のわら草履を岩の上にぬいで、幼な子を背負って入水した女がいては、社会的地位では救ってやれません。「ああ可愛そうなことをした、ごめんね」という心でしか、救うことはできません。

〝偉い〟ということは何でしょう？　〝金持ち〟ということは何でしょう。身寄りのない一人の年寄りだから、ひがむわけでは決してありません。今生に亡き人の残念は、地位や権力や金銭では救えないのです。心に愛情をもって、思いやるより他に何もないのです。ひとしづくの熱い涙、これ以上の供養はありません。どんなにいばってみても、からまっている因縁は切れないのです。判って上げるより他には、涙のひとしづくより他には、黒いステッカーをはがすみちはありません。権力が目にあり、指先に人より偉いという血液がかよっていては、ステッカーははがせません。

指先に涙があり、愛情の血液がかよっていれば、確実にはがすことができます。

はがして私の供養帖にあずけて下さい。供養帖にはさまっている間に、だんだんと反抗は回復して来ます。

わけのわからない口惜しさ、それが子供に来たら水子霊と思って下さい。子供自身が、その口惜しさが何から来るか判らないところにポイントはあるのです。

シャツだといい、髪の毛のことだといい、おかずのことだといい、母親のことばだといい、自分でも何が口惜しいかが判らないのです。判らないはずです。原因については誰も考えていないからです。口惜しさを追究されるとなお口惜しくなる。特に母親からいわれると、「てめえ、何を！」といってしまうのです。そして、悪循環になってゆきます。

子供が悪いのではありません。この場合には誰も悪くはないのです。悪くないのに、悪い悪いといわれるので、よけい口惜しくなるのです。悪の根本的なところを法律が許しているのです。人がみんな許しているのです。誰に子供を責める権利がありましょう。

登校拒否をなおしたとき、もう口惜しくはないと、子供はいいます。ステッカーがとれて背中がさっぱりしたからです。

誰も悪くはない。それなのにそのことで責められるから、ガラスをこわしたり、人をなぐったりするのです。この世にある事の中で、一番納得のゆかない事なのでしょう。納得のゆくのは、私です。ステッカーをはがせるからです。

故人が癌で苦しんで死んだとします。

娘さんにのどのいたみが来ます。

「お父さん、いたかったでしょうね」

といった瞬間、すーっととれたといいます。故人の無言の訴えをきいたからです。きいて察知したからです。

「何で私にだけあたるのよ」

と、怒る人があります。その怒りの心が、いつまでも回復できない心です。

「よく判ったわ。お察しするわ。でも、もう成仏して下さいね」

となると、なおります。たとえ犬を供養しても、にわとりを供養しても、鼻で笑った人はいつまでも湿疹がなおりません。

「可愛そうに」

と、思った人のは、その日のうちになおります。

要は、人霊が訴えていることを判ってあげることです。五官のない人霊は、こうするより他に訴え方がないのです。それを判って上げましょう。それを察知して上げましょう。

霊は骨肉の中に居る

「ご供養してもらったら、本家の方ばっかりよくなって、私の方はだめよ」と、いう人があります。本家でもどこでも、よくなればいいではありませんか。自分だけよくなろうという心が、みんなよくなろうということにならなくてはいけないと思います。

供養にも、時というものがあります。

現世の人でも、ききわけのいい人と判りのわるい人とがあります。その差があるのですから、ぐずぐずいわないことです。ものには順序というものがあります。自分の順番が来るまで待つ心が大切です。供養とは、車の渋滞と同じです。こちらでじたんだをふんでも、先の車が行かないかぎり仕方がないではありませんか。

要は、目的地にたどりつけばいいのです。違反をして、パトカーに追いかけられるより、ゆっくり待って、目的を達しましょう。

因縁ほど正直なものはありません。現世の人はおせじに迷わされます。因縁はおせじ無用です。どんなに八十の年寄りを「お若いわね」などとほめてくれても、それできき め があるわけもありません。

世界中の女が年寄りになるのに、何で私が若いわけはありません。人間の世界、今生のおせじの通らないところに、因縁はあります。金銭でもなく地位でもなく、美しさでもなく、衣装でもありません。全く、生れたままの心です。故人は、訴えることによって供養をしてもらいたいのです。供養とは、空に立ち上るほどの線香のけむりでもなく、耳をつんざく太鼓の音でもありません。ただ、心です。判った、判った、安心してねむってね、という、そのこころです。

手のいたみは母の手のそれ、頭のもやもやは父の頭のそれ、そうしてはじめて、どんな病気でも回復いたします。あわれなほどききわけのいいものです。動物の方はなおさらです。いのししの子供などは、全くききわけがよくて、すぐ快くなりました。インコも鳩もききわけのいい方です。人間が一番ききわけがないでしょう。まして女の人の霊は、執念のつよいことでは現世と同じです。

恨み深い女ほど供養がとどきません。合せている私の手に、かみついて口惜しがります。身

投げした女の人に、

「いいから、気がすむまで噛みなさい」

というと、さすがに歯をはなして泣きました。

指は十本ある、二本残してくれれば仕事がやれるからというと、これからはお力になってお手伝いたします、といいました。今年病気で苦しく口が乾いたとき、奥多摩の渓流から水を汲んできて口に入れてくれたのは彼女でした。「よかったわね」というと、にっこり笑って立去りました。あの家に受胎の知らせがあったのはその頃です。今では定めし、可愛らしい男の子が生れていることでしょう。

「女の不幸は、おたがいよねぇ」というと、彼女は歯をはなしました。そのときの彼女の顔が忘れられません。今生の恨みを卒業した彼女は、いま幸せにしていることでしょう。私の耳には奥多摩の渓流の音が聞こえます。

知りあいであった人が、白昼、新宿の雑踏の中を四つ位の女の子の手をひいて歩いていました。あの人には幼い子供はなかったはずです。帰ってその家の年寄りに聞いてみました。年寄りは涙ぐんで、

「あれは、いつ子をつれているのです」

と、四つで死んだその人の妹のことをいいました。現世の人が大ぜい歩いている中を、白昼、あの世の人に逢います。幼い妹は、兄さんにつれられて歩いているのです。骨肉とはそんなものです。私は感動しました。霊は骨肉の中にいる。そして、何かあったとき、骨肉と行動を共にしている。たのしいことではありませんか。

ときおり、故人が愛していた煙草の香りのすることはありませんか。そんなとき、あなたの家に故人はくつろいで、その生前の姿のように一服しているのでしょう、すきな茶の間で——。あるときふと、母の髪の油のにおいがしませんか。にこにこと、みんながいるそばに来ているのでしょう。

それをまことの成仏といいます。それを、まことの家系といいます。やがてあなたの家に、亡き母に唇の形のよく似た幼い人が、生れて来るのです。たのしいことではありませんか。父母の居やすい住居こそ、〝一家団らん〟という住居です。そしてそれを、家庭といいます。今生の人だけのいるのを家庭とはいいません。故人もみんなまじっているのを家庭というのです。そしてそれをこそ供養というのです。誰か父母の血を持っていない人がありますか。あっ

たらそれこそ、珍しい事です。

自動車で、トンネルを通ります。となりに乗り込んで来る人があります。工事中にけがなどで死んだ人でしょう、土と水のにおいのつよい仕事着のままで。

「小父さん、成仏してね」

と、私はその泥だらけの手にふれます。

黙って車を降りてゆく人もあり、首をふって降りてゆく人もあります。霊のままトンネルにいるのです。供養してほしくって乗ってくるのでしょう。しばしば事故のあるのは、こんなところです。あわれではありませんか。ひとりひとりをよび出して供養することができたらどんなにいいでしょう。

守護霊について

愛する純君は、私の『海のオルゴール』に出て来る、テレビでは左右田一平さんの役だった「小父さん」の孫です。純ちゃんにあげるガンダムのおもちゃを車にのって買いに行くのが、私のたのしみでした。

その純君がひどい風邪をひいて、あぶなかったときに、山のみえる田舎の大きい百姓家が視《み》え、二十八歳位の丸顔の髪の毛の多い女が視えました。両手をのばして、純ちゃんをつかまえようとするのです。

「あっ！　これは小父さんのお母さんよ。純君のひいお祖母さん」

涙をためた目でじっと子供をみつめて、動きません。

「愛さんですね。小父さんのお母さんですね」

と、私はいいました。だまってうなづいています。

小父さんの父親はお医者さまで、当時船医でした。外国航路の船医で、有島武郎先生の『或る女』の中に出て来る人です。その妻である愛さんが結核になったとき、小父さんはまだ三歳でしたが、医者のくせに離婚して田舎へ帰してしまいました。

「純がときどき障子のところに立ってね、『ママ、ママ』って呼ぶのよ」

と、純君のママがいったことがありました。

そのときは、それが小父さんの姿だとは気がつかなかったのです。風邪でひどくなったときはじめて、愛さんを視ました。

「子供に生き別れて、泣き死んだのね。私はがんばってとりかえしたけれど、愛さんは生き切れなかったのね」

と、事情が判りました。

愛さんの供養にいいことを思いつきました。お小使をはたいて、観音さまのお像を買いました。そしてそれに、愛さんの霊を入魂するのです。私は純君たちを呼んで、入魂式をいたしました。私の女神のお力で、その像に愛さんの霊を宿していただいたのです。純君のママは、

「せまいから、お人形箱の中でもいいかしら」

といいました。

「どこでもいいわ。子供たちの姿がみえて、その声が聞こえるところなら」

そしてそのお像の納《おさ》まったころから、二度と純君は病気をしません。四つになりました。

「また来るね、ばあば、元気で」

と、今度もいってくれました。

愛さん、あなたは私と同じでした。私はがんばってとりかえしましたが、あなたは両手が子供ほしさに燃えるようにほてったまま、この世を終っています。純君がほしかったのですね。

たとえ部屋の片隅にころがされていてもいい。日々幼い人の声を聞き、その姿をみれば、あなたの執念は承知できたのです。ほてった両手に抱きとりさえすれば、あなたは成仏できたのです。小父さんはその母との生別を土台にもって、私の世話をしてくれたのです。ありがたいことではありませんか。そのうちまた純君が来る。ガンダムか何になるか知れないけれど、私もそろそろおもちゃ屋にゆけるようになります。

愛さん、おたがいよ。いまでは純ちゃんとその弟の良ちゃん二人が、けんかしたり走りまわるのが聞こえるでしょう。その声を聞き、その姿を見れば――。女とは悲しいものよ、子故《ゆえ》の闇の道ははてしなく――と何かで読んだことを思い出しました。

この入魂ということが、私にはできます。

守護霊になっていただくのです。

俗に守護霊とたやすくいう人がありますが、守護霊とは、他人がつくのではありません。その人の家系をずっとたどって行くと、どこの家にも守護霊になって下される方がおいでになるものです。

守護霊をさがすためには、その家の先祖から家系をずっと、何百年もたどってさがしてゆかなければなりません。

私は御先祖の視《み》えた方には、それをしてさし上げることができます。

清田さんの小母さんは私の親友です。

さっぱりしたいい人です。ある日、

「二男が、胃の手術をすることになったの」

と、おっしゃいました。

あたりは、大きい家の立ちならぶ町になって、侍屋敷が視えました。入口が立派で、その敷台の上に一人のお侍さんが立たれ、

「清田六左衛門忠正です。清田家の二男を守りましょう」

と、おっしゃいました。

私は頭をさげて、

「わざわざお声をかけて下さり、ありがとう存じます。女神さまに伺ってみましょう」

と、答えました。

六左衛門忠正氏は、寛永三年の存在です。

その人柄は、名誉におぼれず、金銭に迷わず、人に情があって、行い正しい人です。

この内申書は、女神さまにさし出してもパスできると、私は考えました。

清田の小母さんに、邸の様子、そのお人柄、仕事から性格まで話しました。何か御入魂のできるものをととのえて来てくれるようにたのみました。小母さんは心からよろこんで、二男の手術は無事にすむと信じられました。

女神さまにおねがいしてその家系の守護霊になれる人には、条件があります。ただ一つ、まごころと愛情です。

日本という国は不思議な国で、偉い人を誇りにします。偉いということにもいろいろあります。地位、金銭、仕事、事業、その他。でも私は、人間として愛情と誠実をもって生きた人を一番守護霊に近い人と思います。貧しさの中で十人の子供を育てたなどという人は、ほんとうに偉い人であると思います。有名などということは、何の価値にもなりません。

日本の家系で守護霊になれる人は、まことの人生を生きた人に限ります。どこの家系にも、名もなく、美しく生きた人があるものです。その人こそ一番立派な人でしょう。私に名乗って下さった清田家の先祖の人など、その一人です。

どうして名前まで判るかって？　先方から名乗って下さるのです。きっと女神さまが声をかけて下さるのでしょう。私はそう信じます。

守護霊さまにゆき逢うためには、その家の家系を遡ってゆきます。守護霊さんが声をかけて下さる家は、そんなにたくさんはありません。守護霊さんを持てた人は幸せです。

成仏していない霊に対しては、供養しなければなりません。絵にかいてもよし、何かの像に入魂してもよし。そうすれば純ちゃんのひいお祖母さんのように、二度と子供をとりに来ないでしょう。子供ほしさに、手が燃えることはないからです。

私はこの仕事をしながら、いろいろの世界の人々や風景を視ます。知っている人が出かけて行ってくれれば、その人によって視ることもできます。そのかわり、私に、「これはうんと高いのよ」などとおっしゃっても、お土産売場が視えるから、安い方で買ったとすぐ判ります。そして大笑いになります。

出土品の玉が一つあれば、それを首かざりにしてその時代に生存して仕事をしていた人物や、その人々の住居がわかります。アイヌ人の老人などは、昔はみんな占いのようなことをして、人々と仲よく暮らしたものです。その姿を視ることができるのは、私の女神さまのお力ですが、視ることのできる私も幸せです。

「あのとき、あなた十一歳だったでしょう。あの赤と青のスカートはどうしました？」

というと、

「あれ大事にしていたのよ。なつかしいわ」

と、思い出す人もあります。その人の母方の大きい木のある百姓家など、手にとるように視えるのですから――。夏ぜみの鳴く声まで聞くことができます。私は幸せものです。

感謝しなければなりません。

症状と対作法

世の中でいうたたりを、私はあつかっていることになります。因縁という名のたたりです。しかし、人間のたたりかたと動物のたたりかたでは大きな違いがありますし、その人の人格、人間性、生前の性格によって、たたり方がちがいます。

その特徴及びそのありかたを、五十八万人の人をあつかった中からひろってみましょう。

昔から、高僧といわれる人は、修業をして悟りを開いたといいます。しかし、世にあがめられる高僧で自殺した人がありました。しょせん人間は、悟れるものではありません。生前はもちろん、死後まで迷っているのがほんとうであると思います。

私は、ジャッカルという動物を視ました。高野山で弘法大師が修業をしたとき、ライバルに頭のいい、からだの細い人がありました。弘法をねたみ、動物を使って傷害をしようとしたのですが、かえってその谷間でジャッカルにかみ殺された人です。虎に似て、恐らく豹ではないかと思います。その人が、私にジャッカルだといいました。ですから密教との関連で憎まれた人は、全身にその動物の毛がさわってちくちくしたり苦しがります。ライバルの人が成仏していませんから、なかなかとれません。気の毒です。弘法さまもすごいライバルをもったもの。当時の高野山にはいろんな動物がいたことでしょう。私にはその正体と山の深さがよく視えました。

誰とて立身出世にライバルのない人ありません。けれども立身出世とは、何をいうのでしょう。人間さいごは、ノーベル賞よりガーゼのおしめ、パンパースの方が入要です。光り輝くダイヤモンドよりも、一枚のティッシュペーパーの方が大切な時もあるものです。

五十八万人の人々を霊視してゆき逢った因縁には、いろいろな例がありました。思いもかけないものにいじめられた人もあります。世の中、生きている人の理屈だけではとおりません。これから書いてゆくことは、故人が現世の人に伝えてくるものに、それぞれの性格や習性があるということです。

ですから、その症状をみれば「誰が何を」という判定がつき、その人を供養して話をつけることによって、回復ができるということです。何かの参考になるかと思いますので、五十八万人をあつかった私のデータを、まとめてみましょう。

半年の苦しい病気をしたのは、勿論《もちろん》びしょぬれの犬のこともありますが、五十八万人から受けた〃さわり〃もあります。神経痛の人は、なおるとき、私の足を引きつらせるのですから。

知らない病気の症状はありません。しかしどの病気も、辛くないのはありません。故人が、全くそうするより他に伝達の方法のないそのあわれさ、現世に残して行ったその存念というものは、あわれとより他にいいようがありません。私は、痛む足をさすりながら、思うのです。これより他にない、ほんとうにこれより他にないのですか、と。そうです。五官のない、言葉も文字もない人々は、これより他に方法がないのでしょう。私は〃口寄せ〃などというものを信じません。あれは暗示です。暗示でよいのならば、人間はどんなにらくでしょう。

悟りということばも、人生のアクセサリーです。真に悟れるということがあるものでしょうか。もしも暗示でなくて、悟りがあるのならば、高僧で自殺する人などないはずです。

人間は、終りまで迷っているものです。迷いましょう。迷いましょう。はてしなく迷いましょう。迷うことこそ人間の生きている証拠です。死者すら迷うに、まして生きている人間に於てをや、です。善人なおもて往生を遂《と》ぐ、いわんや悪人をや、などというのは、ことばです。死者すら迷うに、生きていて迷わないものがありましょうか。

迷いこそ、人生のまことの味です。

自己暗示の他に悟りなどはないというのが私の持論です。いのちのかぎり迷いましょう。ごまかさずに、本気で迷いましょう。迷って迷って、苦しんで生きましょう。それが人間です。血の出るように苦しみましょう。それが、人間です。人間の証拠です。

いろいろのつきものがあります。

今生を終ってなお残る執念がもって来るものです。五十八万人の経験したつきものを少し区分けをして説明してみましょう。

動物霊

動物にも霊があります。セキセイインコはききわけがよくて、鳩はなかなか強情です。猫は引きぎわがきれいですが、犬は未練ものです。

鯨は理屈屋さんで、象は素直です。

なぜ鯨が理屈屋さんであると判ったのでしょうか。

鯨

女の人が来ました。全身が冷え切っていて食べものが落着きません。そして、何ということなしに悲しいというのです。

写真からは果てしない海が視えて、大きい巻網がローラーから烈しい力で出てゆきます。一人の男が船尾に立って、モリを打ったものと思います。

捕鯨船です。

そのモリは子供の鯨にささって、その鯨は引っぱられてきます。モリを打った男は、私のところに来た女の人の息子さんです。子供の鯨を捕って、母鯨を引きよせるのです。作業は調子よく進んで、大漁でした。母鯨の残念は、その漁師の男の人の母親に来ました。夜毎に潮風のにおいが二人の部屋にしたそうです。私は母鯨に同情して、一心に供養しました。女の人は間もなく健康になりました。人間というものは何といういやな生き物でしょう。子供をおとりにして母鯨を捕るなどということをします。

鯨さん許して下さいね、と私は心の中で手を合せました。

象

象は、歯に来ます。鼻ではないのです。どうしてもなおらない一家中の歯の病気です。象はおとなしく、すぐ引きました。みんないい歯になりました。けれども、象は人間が好きです。ふり返りふり返り、なかなか立去りません。象はいい人です。人でいけなければ、いい動物です。

その象は、ずっとずっと昔、美しい女の仏さまがある象の背に乗ってくれたときの話を、仲間から聞いたといってしてくれました。象に乗った美しい女の人のことは私は知りません。彼

等が自慢にしていることより他には。

美しい女の仏さまが象に乗ったところは、はてしない砂漠に夕日の名残りがあって、さぞすばらしい風景であったことでしょう。

熊

熊はこまりものです。

Tの小父さんはあばれもので、怒りっぽくて、物をこわして困りました。

山梨県の塩山という土地、その山脈の中の山で熊を撃ちました。はく製にして売ったほどの大きい熊でした。この熊は、よく供養をききました。しかし秋が来て、山の木の葉が赤くなって、熊の姿がよく見かけられる頃になると、小父さんは一度はあばれます。そして私は、またその熊の供養をいたします。今では熊となじみになりました。

ある時、乾いた草の上で二人(？)、つまり一人と一頭で話をしました。彼等は、実に家庭を大切にします。妻子をよく愛しています。浮気な人間の男性に聞かせたいほどです。妻の耳の中に蟻が入ったときのことなど、ほんとうに愛をもって話してくれました。私はたのしい童話を聞くように、熊の話を聞きました。

秋よ来い。小父さんの家族には悪いですが、私はまたあの塩山の熊と話をするのをたのしみにしています。

鹿

鹿はおとなしい動物ですが、情があって思いが深いということです。

Aさんは、ハンターの月刊誌の記者でした。腎臓病で順天堂病院に入院していて、もう危うい状態でした。

姪のみつ子さんが、とうてい助からないでしょうが、せめていいところへ行けるようにと写真をもってきました。

座敷はとたんに六甲の山々になって、Aさんは鉄砲をもって大きい雄鹿を一頭撃ちました。どさっと枯草の上に倒れてしずかに目をつむりました。夫婦で居たので、Aさんはつづけて雌鹿を撃ちました。これは外れて、両足を弾がつきぬけました。雄は末期の目をあけて自分の妻がひざをつくのを見て、目をつむりました。雌鹿には子供がいたのです。母鹿は食物をさがしてやることができず、親子共に五日後に死にました。

Aさんにそのことを書いて上げると、みつ子さんは枕許でそれを不幸な叔父のために読み上げました。Aさんの目から涙があふれおち、同時に小水が出はじめて、Aさんは助かりました。それから十年仕事をやれて、先日、やはり同じ病気で亡くなりました。父親鹿は、あきらめなかったのでしょう。無理もないことだと思います。

腎臓病はすべて事故です。汽車の事故、自動車の事故等、数知れません。その中に狩猟も入ります。動物にとって鉄砲で撃たれることは事故です。

馬

馬はおとなしい動物です。先日私は、一頭の馬にゆきあいました。

「私の日吉丸に、運を授けて下さい」

と、その馬は私にいいました。

「日吉丸って、豊臣秀吉のことですか」

「いいえ、馬です。無名の私の子供だというのでレースに出られないのですよ」

と、その馬はいいました。

「そちらの世界のことは全く知りませんので、すみませんね。開運の祈願はいたして上げます」

この話をしましたら、馬好きの友人は日吉丸をたづねて、にんじん代をおいてきてくれました。健康で大きくなれ、日吉丸よ。レースだけが馬生でもありません。

眉間に赤あざのある娘さんが来ました。原因は、廃馬にした農耕馬でした。多分、薬殺だと思ったのですが、馬がいうには、

「私たちは、手足をつるされて、ハンマーでなぐられて死ぬのです、ここを」

と、眉間を指しました。その馬の供養であざのとれた娘さんは、よろこんで結婚しました。

馬がいうには、というとみんなが笑います。馬だって犬だって、決して黙っていません。生きとし生けるものには発言の権利があります。人間だけでしょう、用のないことまでしゃべるのは。馬にしても鹿にしても、大切なことより他はしゃべりません。

犬

選挙のことでたのみに来た人がいました。となりの部屋で話をしていると、犬が袖を引っぱ

っていいます。

「この人にはお世話になっています。買ってもらって一ヵ月たたないのに病気で死んでしまったのですから——。病気は犬屋にいたときからあったのです。犬屋は少しまけましたがね」

といいました。この人はよく病気の世話をした上で、庭に埋めたそうです。犬は十分にその恩義を感じていました。

「可愛かったですよ」

と、この人は泣きました。

北方で橇《そり》を引っぱる犬を、供養したことがありました。

「一番つらかったのは、寒さではなくて、仲間によわい犬のいたことです」

と、いいました。人間より立派な心持です。

セントバーナードという犬を知っていますか。飼主が大切にしてくれたにもかかわらず、奥さんがケチなので辛かったといっていました。お腹を充実できなかったのでしょう。

亡くなった吉田先生の犬は、水にとび込んだ主人の後を追って入水したのですが、打ち上げられたとき別々にされたのです。犬は今もって、びしょぬれのまま主人を探しています。その姿を私はよく視たものです。

人間は万物の霊長といっていばっていますが、動物の方が、よほど情もあり節もあります。

にわとり・いんこ

にわとりと湿疹の関係については、前に書いたことがあります。火事で健康なにわとりが焼け死んだからと、みんな近所でわけて食べた。そのときお腹にいた赤ちゃんが、二十三年も湿疹がなおらないで、それが焼け死んだにわとりを供養してよくなった話です。

たかがにわとり、などといわないで下さい。

飼主が海外旅行に出て、えさをやらないで死んだいんこは、娘さんの拒食症になって出ました。供養のとき、いい声で鳴いてくれました。人間が人間である地位のようなものでなす横暴を許してはなりません。

動物霊のことを書きはじめたら切りがありません。五十八万人の中には、相当に動物霊の場合が入っているからです。

狐つき

最後のとっておきに、狐があります。とっておきとは、尊敬や感心してのことではないのです。狐を解明せずして、何の憑霊の解決ぞや、といわれそうだからです。

世界で最初の狐つきは楊貴妃《ようきひ》さんです。

あるときこの女の人が気が沈んで、何を買ってやっても、もたせても、不気嫌でありました。御主人は困った揚句、村の口寄せのようなことをしている婆さんを呼んで、相談しました。ところがその婆さんが狐つきであって、

「王さま、うまいことがあります。私の使っている動物を奥方さまに献上しましょう。明日から元気になられます」

と、約束しました。次の朝、楊貴妃さんが起きて来ると、机の上に小さい紙包みがありました。それを開けたとたん、一度に気分が明朗になり、いろいろのものが欲しくなってきました。楊貴妃さんはおねだりが烈しくなって、とても元気になり、政道のことにも口を出すし、臣下のこともいろいろ気がつくし、特に男性がとても好きになりました。

美男とみると、こねをつけるようになりました。王さまはそれを結局いいことにして、楊貴妃さんを甘やかしたことになります。

狐つきと俗にいいますが、ほんとうのコンコンと鳴くあの狐はよわい動物です。

この口寄せ婆さんが狐ということにしたのが始まりで、これは一種の精神病であると私は思います。性格の中にこの種のものをもっている人には、すぐ感染する病気です。

まず自信が強くなり、物欲、自己主張欲、権力欲、色情などがでてきます。そして男性よりも女性の方がこの病気になる傾向が強いのは、女性の性格の中に共通点があるからでしょう。

狐つきはこわい病気です。一家で一人これにかかると、借金はふえるし、親族からはきらわれるし、家運に不幸がつづきます。世界の狐つきはまず楊貴妃がはじまりで、日本にも淀君や、近年に至っては三越の女王までできます。金欲銭と男性欲、自己の美しさの使い方、みな共通しています。ですから狐つきは私にいわせれば、婦人科の病気の一つではないかと思います。男性の方には五十八万人の中に一人いたかと思うくらいのものです。

社交が上手で物欲が強く、自信家で人を見下し――狐つきの女の人にゆき逢うと、私など女の中に入りません。馬鹿でのんきで欲なしで、ほんとうに笑われてしまいます。

狐つきを取って上げると、まじめに子供を育ててゆく女の人が大ぜいあります。しかし狐つきがいなくては、商売の立たない商人もあるのです。きれいな着物、すばらしい持物、女がそれに興奮しなくなっては困る人もあるのでしょう。

狐つきはおもしろいつきものです。そして一番多いつきものです。若夫婦の寝屋に、しのび足でのぞきに行くことなどは、普通の女にはやれません。一枚の木の葉があれば、美女に化けられる力は、大変なものです。楊貴妃さんのもらった玉は宝球の玉といって、その婆さんに説明させますと、

「狐は金毛九尾といって、毛は金色をして、九本の尾をもっています。一本の尾のはしに一つ一つ光る玉がついていて、これはその一つですから献上いたします」

と、いうことでした。

九つの中のあとの八つは、世界中にちらばったのでしょう。日本にも来たはずです。

老女はその後私に現れません。金毛九尾は位のある狐で、地位のある人にしかつかないそうです。向いの小間物屋の小母さんや、知りあいの洋品店の奥さんにつくのは、駄狐ということになりましょうか。

狐つきという精神病にかかると、ときに一寸したことを先に判ったり予言をしたりします。ですから、あの老婆のような女はたくさんにいます。高圧的で人を暗示にかける才能があります。迷わされないことが大切だと思います。

狐の話はきりがありません。サラ金からたくさん金を借りて、逃げてゆくような奥さんは、みんなこの病気です。療法はヒステリー科の受持ちになると思います。私は、狐を直接打払うことで、二百人近くの女性を正常の女にしてきました。他のさわりより圧倒的多数です。

蛇のたたり

蛇についても一項なくてはなりません。

この仕事をはじめたばかりのとき、胃が悪いという若人に出逢いました。

そばに来ると、土のにおい、古い木の葉のにおい、おかしい人だと思ってじっと視ていますと、胸のポケットからちらりとひものようなものがたれ下っています。

「ちょっと、ちょっと」

と呼びとめて、それを引っぱったときの指先の何ともいえない感覚。わっ、といってあわててこすって、なお残っている、つめたい、あのぬるぬるした感触。しかしそこには何もなくて、確実にそれが長虫だと思ったときには、はっきりと私の中に判るものがありました。蛇の姿を視たので、

「何の仕事ですか」

と、聞きますと、

「古い家をこわして改築中です」

と、いいました。大工さんです。

二人はしばらく蛇について話しました。

それは三尺位もある蛇で、青黒色をしていました。私はそれを供養して、二十一日目に、その人はすっかり全治しました。ポケットから下っていたものは私にしか視えません。

胃の病気の人で、私の蛇供養によってその病気がなおった人が二百名近くもいます。殺しただけというよりも、殺して食べたなどという方が手重いようです。

胃の病気の中でも特に手重い癌などは、よほど心を込めて供養しなくてはなりません。

癌については私に一意見あります。

蛇と胃の話の出たときに、その場に二人の男性がいました。

「俺なんか田舎道のまん中で、大きな長い奴をまっ二つさ！　そのとき『ばかやろう！　こんなところにねそべってやがって！』と、どなってやったよ」

いま一人がいいました。

「俺もやったよ。だけど『ごめんね、ゆるしておくれよ。成仏たのむよ』といってきた」

一人はかるいアトニーで、一人は胃潰瘍でした。

「ものはためしというから、年寄りのいうことをきいて二人共供養しましょうね」

と私はいい、供養して別れました。

あれから一年、思いもかけず、あやまった方の人に逢いました。健康でよい地位にいました。そして二年目、ののしった方の人は、胃癌で亡くなりました。何もこんなことを因縁づけるつもりはありません。考え方は各人の自由です。けれども、死なかった人はその後成功者になり、金銭的にも充実した生活をおくりました。

蛇には、古い家の主として尊敬されているものもあり、旧家の庭の池に祀《まつ》ってある社《やしろ》に住んでいた白蛇などもありました。

それらのすべて、胃の関係に入りますからおもしろいと思います。何故蛇が胃に関係があるのでしょう。ただ関係があると判るだけで、なぜとなると私にも答がありません。二百人の胃は、蛇供養でなおっています。その、ののしって胃癌に終った人の他はみな。

古い家で、池の弁財天の社をこわして、蛇におかえり頂かなかったために、一家の絶えた家もあります。私がお帰りをおねがいして、平安な家もたくさんあります。

蛇は、海水を恐れます。海水では全身がただれてしまうからです。湖水をとおって、お帰りにならなければなりません。道をまちがえて海に入った蛇を、救い出して、全身を洗い清めて、竹生島へおかえりいただいたときの私の苦労も、一つのお話であります。

蛇はききわけのよい頭のよいものです。供養に誠意さえあれば、その家は大いに栄えたことでした。もちろん、胃はみんななおります。

白昼の街道で、ぎらぎらと血の光っていた長い蛇をののしった人は、心柄《がら》とはいえ、人間として善人とはいえません。不幸の底でののしられることは、ののしられた者より、ののしるものの方が不幸です。その心のまずしさは、罰されるべきものと思われます。

人霊のさわりかた、いろいろ

若い奥さんが来ました。目に涙がたまっています。六歳の白血病の子供についての相談です。

「待って下さい。何にもいわないで私のいうことを聞いて」

と、私は制しておいてはじめました。

「家屋の前にじゃり道があって、トラックに乗っておいでなのは御主人ですか？　荷物は半分位、何か家具ですね」

「どうして判ります？」

「判るからこんなことになっているのです。あっ！　あぶない。子供が立っている。今バックしてはだめよ」

あっという間に轢《ひ》きたおしました。幼い、五歳位の男の子です。黒いジャンパーは腹部を真一文字に轢かれ、血があたりにとび散りました。

轢いた方が父親、轢かれた方が長男、見開いた目が母屋の方をじっと見ていました。えんじ色のセーターを着た妹は戸口を出るところで、この情景をしっかりと見ました。兄の出血多量による妹の白血病は、その後半年で安全の証明が下りました。五歳の兄は、幼い妹を保証したのです。

白血病は、出血多量から来ます。しかし原因が判明して、供養いたしますとよくなります。彼女はいま小学校三年生になって成績も抜群です。

白血病は七人のデータをもっていますが、その中には犬の事故死もあります。

癌の病気は、おもしろい原因をふくみます。金銭がからむのです。視《み》える状態がいろいろで、番頭の持ち逃げ、支配人の使い込みなどが入るから不思議。病気で金銭のからむのは癌だけです。つまり近代的ということになります。持ち逃げした番頭さんの角帯の色までいい当てたのですから、相手はびっくりしました。

癌は、現世では薬がないといわれています。いつか薬が出来るでしょう。

癌のように、その人その人で、視えるもののちがうのもめずらしいことです。あとの病気は大抵、つきものがきまっています。

脳腫瘍も重症の病気です。私に視える情景をいっても信じない人もあります。しかし、信じてもらえば回復します。髪の毛が放射線でみんな抜けても、なおればはえて来ます。脳腫瘍の人に、鬼がからんでいるといって、それを信じてもらって回復したなどといっても、笑われるでしょう。笑ってもいいです。要はなおればいいのです。要は、なおればいい、それ一つです。私がきちがい婆さんであろうと、何であろうと、なおればいいではありませんか。京都の大学から時折り便りを下さるあの青年は、今ではふさふさとはえた髪の毛に、ポマードをぬってくしけずっていることでしょう。脳腫瘍はきれいに回復しました。

つきものを写真で視ることを信じていただけない場合があります。

人と向い合っていればすぐ視えますが、写真でも視えます。私だけでなくて他の方にも視えることの例として、親友、野口先生のお便りをここに引用させて下さい。

此の度のご霊視と埋没井戸の霊へのお守りのお手厚いご配慮を直ちに石塚家妻女に伝えましたところ、気持の明るさを取戻したようです。

石塚家のご霊視当初、井戸に入った僧と、それの女、及び狐の憑依をご指摘されましたが、先般参上の折りは、写真上に坊さんがここに居ますよ、と言われ、私も確認致しました。

これで当初の三体が写真に現われた事になり、全く驚きいると同時に、竹内先生のご霊視の素晴しさに敬服の言葉もありませんでした。

殊に今回、霊力の深さに驚嘆致しました事は、坊さんが入水した埋没井戸を示唆されましたが、庭続きと思われる地面の写真に出た坊さんが、ご供養の上返送されましたその写真から全然消えてしまっている事です。

嘘のような本当の話。

これを私流に解釈させて頂きますれば、霊界に於ける位の高き竹内てるよ先生の、お出ましを待っていたその坊さんが、先生のご供養をうけ入れ、消え去ったのではないでしょうか……。

まことに不思議な事のあるものです。

本件で基盤となる僧が理解してくれたので、其他の霊もやがて消え去ってくれるのではないでしょうか。

この手紙の受取り方は各人の自由です。

写真に現れたその人の姿が消えると共に、因縁も終りますので、回復することができます。つきものの正直さといいますか、素直さといいますか、あわれに思わないわけにはゆきません。同時に深く感謝をいたします。

膠原《こうげん》病という難病の人が来ました。三十歳の女性でした。

私の耳にはうるさくすずめの鳴き声がして、竹藪にかこまれた農家が視えました。

少し色のあせたオレンジ色のセーターに黒と赤のチェックのスカート、日にやけた足で走ってきて、とびついた少女は十一歳位、笑って受けとめた女の人は四十七歳位、左手の不自由をうまく使って、張り板をいじっていました。二人はたのしそうに話して、少女はやがて立去りました。

この四十七歳の女性は少女の叔母さんで、不幸な結婚――夫が遊び人で、受刑、自分はリューマチスになって離婚。リューマチスを十五年間患い、最後の三年間は寝たきりのままに亡くなった人です。この叔母さんを供養しましたところ、その女性の膠原病は回復しました。難病といわれたその病気のなおったとき、その人はいいました。

「あのスカートは気に入っていたのですよ。よく判りますね」

「そりゃあ判ります。墨をこぼしたシミまで視えましたよ」

といって、二人は声をそろえて笑いました。

竹藪のすずめの声が再び聞こえて、健康になったその女の人は、私のために黒と赤のチェックのひじつきを作って下さいました。

なぜ、あれほど好きであった叔母さんが、こんな苦しい病気をもって来たのかと恨まないで下さい。これより他に、叔母さんには、自分のかなしみを伝える方法がないのです。こんな方法で自分を思い出してもらわなくても、他によい方法が何かなくてはなりません。もっとたのしく、もっと確実な方法がなくてはなりません。私はいつもそれを思うのです。悲しい愛着。いたみをもって伝えなければならない悲しい愛着。私はそれを人間のあわれといいます。迷いといいます。業とも不幸ともいいます。仏とて、どうしてそんな伝え方をしたいものですか。泣いて訴えるのです。許してね、といって訴えるのです。

ある十二歳の、目の丸い愛らしい子供であったが、重症の筋無力症で起きられない。寝たきりのその写真からは、明治前の代官所と、その牢屋が視える。

「お宅に、名主さんをした先祖がありますね。天保三年の飢饉のときです」

「はい、五代前になります。大百姓で名主でした」

「さきを私にいわせて下さい。お百姓さんが暴れてむしろ旗を立てたので、その代表として、牢で亡くなっていますね。四十八歳。おとなしい立派な人でしたね」

「よく判りますね。村人はみな、その爺さんの徳によって年貢をたすけてもらいました」

「そうです。水牢で責められました。その爺さんを伊兵衛さんといったでしょう。そのお方を供養しましょうね。立てる位にはなれると思います。何しろ下半身が水につかって、動けませんから」

　伊兵衛さんはよろこびの目を上げて、私たちをみました。よいことをし、立派な人であったのです。でも、その心をつたえるのには、他に方法がなかったのです。子供の父と私とは、あらゆる供養をしました。十二歳の子供は、学校へ通えるようになりました。ときどき私のところにあそびに来ます。伊兵衛さんは水牢から立ち上れたのです。

「お百姓さんのためならと、何でもした人でした」

　と、その子の父親はなつかしそうにいいました。

筋無力症は、全治とはゆきません。軽くなって、進行を止めることができます。その因縁は刑死です。それを供養すれば、ほとんど普通の生活ができるようになります。日本の歴史には牢死がかなりあります。ただあわれとのみ言い切れないものがあります。文明国でなかった頃の日本をよく表現しているではありませんか。

「ギブミー、ミルク」

と叫んで、あばれる女の人がありました。ミルクをととのえてもそれが気に入らない。仕方なくて、私のところに来ました。いきなり写真から馬の鞭のにおいがして、生麦事件です。外人を日本の侍が斬りつけた事件でした。その女の人の先祖は当時の藩の御用人で、その息子が生麦事件の犯人と友人で、同じグループでした。その娘さんは、二十七歳の若侍の供養をすることによって回復しました。グループは切腹させられたようです。切腹のすじは方々にあります。一家中が盲腸をするようなのは切腹の先祖があります。

結核は誇りに執着した人霊の依存

さて難病について書いてきましたが、てんかんは首くくりの因縁が多いのです。これこそは確実になおります。あの倒れる姿は、つまり、なわから下ろした姿です。仰向きあり、横になっているのあり、です。口から何か出すのは、首がしまるからです。

ぜんそくは水難。そして結核は？　結核はいまあまりありませんが、これが不思議にプライドに関係があります。誇りをなくしてそれを苦にした人が先祖にあります。頭脳を使った人が多いのです。おもしろいと思うのは、発明などにこった人が多いことです。成立しない誇り、ですね。

社会に認められない誇りというものも、かなりの執念として残ります。その残ったものを、子孫にどうしても持ってきたいのです。その気持は判りますが、誇りにつまづくということは日本人の悪いくせです。上は大臣から、下は駅で寝ころんでいる小父さんまで、日本人は誇りのつよい人種です。ですから、結核が多かったのでしょう。今時の若い人は、あまり誇りをもちません。ですからこれからは結核は少なくなりまず。

おもしろい知人があります。明るい事業家の彼は、私の亡くなった子供と同年なので、いつも、僕は先生の息子だ、といってくれます。それを聞くと私の人生はすぐにばら色になって、あぁ、あの子も生きていれば彼みたいにこんな大きい子供を持っているのだな、と思って、たのしいような悲しいような心持ちになります。

その仲江川さんがよい仕事をしました。

彼との出会いは、あるとき一枚の写真をもって来てみせて、

「この塚をいじった人は六人も死んでしまい、一人は頭がおかしくなりました」

と、いったものです。

平凡な塚ですが、みているうちに視界は太古の様子になり、軍隊が陣を張っています。大勢の人々です。

「日本武尊さまの軍勢ですよ」

と、私は申しました。

若い美しい二十七歳位の一人の大将が病気で、いま息を引きとったところで、みんなは泣きながら、殉死の準備をしています。もう一人の同じ年位の大将が、何かといたわりながら、総指揮をしています。日本武尊と判りました。

「いま亡くなった人は双子の弟さんと思いますが、秩父の武甲山はこの人の甲《かぶと》を埋めて祭神としたところですね。病気は手重かったですから、秩父からここまで苦しい行軍でいらっしゃっ

たと思います」

と、私はいいました。さながら生けるが如き美しい死顔。その死顔からは、全力をあげて兄の戦陣をたすけたものの誇りと満足が輝いていました。

「私は私費で、この塚を祀《まつ》りかえようと思います。清めをして下さいますね」

と、仲江川さんはいいました。

「よろこんでさせて頂きます。もう一つ、これと対になって、民衆の戦死者の塚があるはずです」

「それはその村で、よく祀っているようです。何事もなくて、平安ですから」

と、仲江川さんがいいました。少し離れたところに塚はもう一つあります。

十二人の殉死者は、侍大将の屍をとりまいて、円陣になって、切腹したものです。あたかも死してなお主君を守るという姿勢でした。秩父武甲山に甲《かぶと》を納めて大田村の近くで亡くなった人を、仲江川さんが私費で祀りなおしたときは、すべての行事に私は立合いました。何事もなく遺品を納め、お祀りしました。

彼はその後も盛大に事業をしながら、私の生活の心配もしてくれて、このたびの大患のときも半月もあづかって、栄養をつけるべく生活させてくれました。私の恩人の一人です。私は彼の一家と親しくしています。

塚は平安で、町の人はおこたりなくお祀りをしてくれます。あの美しい双子の弟さんの死顔を、私は忘れません。武甲山のおまつりには、灯を消して町の人がお祝いするということです。十二人の殉死者の霊も満足していて下さると思います。いまの世にはめずらしい、ほんとうの喜捨ということです。奉仕ということです。なかなか現代人にはできないことです。仲江川さんの一家は、きっと塚の侍大将が末永く守って下さるでしょう。

いろいろの難病をあつかいました。

原因になっている人物がはっきり満足してくれれば、すぐに快くなります。要は、いつもいっているように、空に煙りが立ち上るほどのお線香でもなく、耳をつんざく太鼓や鐘の音でもありません。赤や紫の美しい衣でもなく、びっくりするようなお盛物でもないのです。

要は心です。思いやりであり、理解です。愛、ただ一つです。おたがいに大変だったわねぇという心だけです。私の所で水子を供養して帰ると、子どもがカバンを整理して、

「僕、あしたから学校へ行くよ」

と、いうそうです。ノイローゼの人も、雨戸を開けて掃除しているそうです。亡き人は、助かると思ったとき、すぐそれを行動に現します。

まことに、見栄も外聞もありません。

私のところに「こんなかっこうで来まして」という御婦人があります。それなら私が目をむくような仕度で来たらよいでしょう。人生の一大事を相談するのに、何の身仕度? 女性がヌードでもおどろきはしません。男性がヌードで来たらショックでしょうけど、などといって、

「お若い!」

と、笑われています。

一大事のときは、はだしで、髪ふりみだして走っていらっしゃい。女がとりみだしていいのは、夫と子供の一大事のときです。

ノイローゼは憑きものが原因

さて、最後にノイローゼに入りましょう。

私自身、今度の病気では、あぶなく精神科へ入れられるところでした。

何処も悪くなく、寒い寒いとふるえがきて、胸が苦しいとうなるのです。頸動脈を切って水にとび込んで、からだがまわりながら流されてゆくところをそのままやるのですから、その苦痛といったらありません。思わず大声でうめくのです。

かといって熱がでるわけではなし、原因になるところがないのですから、

「今では精神科も内科ですから、病院をかわりますか」

とおっしゃったときの、主治医先生のうすら笑いの口許を私は忘れません。美しい顔立ちの人で、特別に冷たくみえました。

このまま精神科に入ったら、二度と出られません。私の考えることは、普通の人からみたらことごとくちがっています。これは故人の執着です、などといったら、永久に出てはこれないでしょう。そこで私は考えました。どんなに苦しくとも二度と音を上げまい。これより他に安全な道はない、と。そしてそれからは歯をくいしばって寒いといわないで、三日目にはかえってきました。あの婆さんはやはりノイローゼだと思っておいででしょう。

ノイローゼが憑《つ》きものだと主張している本人ですが、その主張を実証するには及ばないと考えたのです。

ノイローゼの全治例に入りましょう。

朝から晩まで、

「おれはロバートじゃない!」

と、どなっている青年がありました。何がロバートなのか、誰にも不明でした。

私がその人と向かい合うと、カリフォルニアの農場とコーヒー畑が視《み》えて、丈夫そうなたくましい男性が働いていました。田舎の百姓家までアメリカ移民の夢がひろがったころ、この若人の父の兄は、いち早く出かけて、苦労の末に土地を持ち、米人の妻とロバートという男の子を持ちました。

その夢にみちた成功のかげに、故国を遠く離れた淋しい苦悩の日々があったことでしょう。黒人の使用人は、かげでジャパニーズをののしったことでしょうし、いろいろなことが不利であったでしょう。

そんな条件を征服して勝ち得たものを、戦争で投げ捨てて帰って、失意の中で死んだ人は、五歳で彼地でなくした子供を切愛したことでしょう。故郷の人たちは彼を一応成功者として見たでしょうが、そして檀那寺の幼なじみのお坊さんは供養してあげたでしょうが、ロバートを想う心の痛みはとってやれなかったのです。だから甥に、「ロバート!」と呼びかけて、熱愛していたのです。そのためのノイローゼとわかって、すぐに全快いたしました。

ノイローゼの人がくり返し言っていることには、ポイントがあります。ただそれを解説する力こそは、その人に憑《つ》いている霊を成仏させる力なのです。憑きものは、みな少しも変わっていません。私のように、頸動脈を切って、全身がくるくるまわりながら十一月の激流を流されていく症状がつづいては、内科から精神科へまわされても仕方がありますまい。私は時折、あの先生の口許の笑いを思い出して、女神さまに御礼を申します。女神さまに助けていただかなければ、今頃は鉄格子をゆすって、さわいでいなければならなかったでしょう。

八王子に有名なお助け婆さんのところがあります。蒲池さんはそこに十年もかよったのですが、一向ききめがなくて、弟のノイローゼは全く快くなりません。弟も四十歳になり、十三歳からの病気はやがて三十年になります。

もはや絶望かと思いながら階段にぼんやり寄っかかっているところに、一人の女の人が通りかかり、何かとたづねた上で、

「大月でみなさんの相談にのっている人があります。行ってみませんか」

と、声をかけてくれたといいます。二人は連れ立って来ました。そして、三十年間のノイローゼの原因がわかりました。故郷の四国で綱元関係の船が遭難しています。そしてその難波船の中に七人の船乗りが水づかりになっていて、その七人の中に弟さんの先祖がありました。そこで故郷へかえって供養して、三十年のノイローゼは回復しました。四十歳ではじめて、新しい人生に向ってのり出します。幸運であったといわねばなりません。

ノイローゼほど数の多い憑きものはありません。

戦死した霊がさわる

恩師、故・高村光太郎先生は戦時中に呼び出されて、協力するかしないかと聞かれました。協力すると答えて、私たちは献艦運動をすることになりました。先生は、ああいう場合はなかなか反対できないものです、とつくづくおっしゃっていました。

大勢《たいせい》というか、時の流れとはそういうものです。私たちもそのために献納しました。

先般、ソ連のブレジネフという方が亡くなった夜、久方ぶりで三島由紀夫さんを視ました。じっと黙っておいでしたが、私は何か心を打たれました。

戦死、及び戦病死の霊というものの力の強さを、私はしみじみと知らされています。まず、今迄まじめ勤勉ひとすじできた四十代の男の人が、人が変ったように酒乱になり、他に女をつくり、妻子をいじめはじめて、正気の沙汰でなくなったというのは、ほとんど兄達や縁者の戦死です。酒も女も知らずに、清らかにお国のために潔く死んだ人が、なぜ現れるときはそういう形をとるのか、全く判りません。しかし、十人あれば十人とも戦死の因縁です。そして素直にすぐなおります。

三十代の初めの人で、酒を飲んであばれては、「海ゆかば」を歌って泣く人がありました。この人などは明白に台湾沖で沈んだ運送船の人でした。この人のようにはっきりしている人もたまにはありますが、大抵は原因不明で私のところへ来られて、供養してなおします。

サンシャインビルの四階を借りて、歯科医を開業しようした二十九歳の男性がありました。一日のうちに何度か理由なしに頭が右側に向いてしまって、手でもどさなければもどらないという奇病になりました。方々の病院へゆきましたが、神経症というだけで判りません。私のところに写真がきました。

みるみるあたりは広い原っぱになり、五十歳近い、白髪まじりの体格のいい中将が現れました。胸の階級章で中将とわかります。

「閣下、どうなさいました？」

と、私はたづねました。相手はしみじみと、

「私たちは号令一下、全兵隊を動かし、その敬礼の列の中を胸をはって歩きました。全生涯をお国のために働いたのに、何故処刑されなければならないのです？」

と、おっしゃいました。

「御存じのように国は敗けました。みなさんは責任をおとりになったことになります」

と、私は答えました。もちろん供養しました。

歯医者さんは全快して、仕事をはじめました。サンシャインビルは旧巣鴨刑務所跡だそうです。みたところ立派な中将でした。

テント張りの野戦病院の悲惨も大変です。見張りに出て土地の土人に殺された人や、食糧がなくなって飢えと熱病で亡くなった人など、その悲惨は、たとえ現世の人にどんなに苦痛をもって来ても、あきらめ切れないほど悲惨な姿です。私はそれらを視るたびに、ただ許して下さいと、人間のなしたることに許しを乞います。それより他に何ができるでしょう。

運が悪いという相談がずいぶんあります。二つの場合があります。一つは自己過信。自分はもっと役に立つ、出世をしてもいいのに、と考えている人です。自分の粗末な出来を棚に上げて、という型で、これは開運安定をするより他にありません。

奥さんが苦労する型です。世にいう不平型で、このタイプの人はたくさんいます。家系の上部に同じ型の人のある場合です。

今一つは、住居の土の中に埋まっているもののある人、これが案外に多いものです。

昔の戦争中の軍馬の片付け跡地とか、牧場のあとの土地とか、犬や猫を埋めたというのもさわっているときがあります。これは清めてあげて大抵回復できます。大学の実験に使った動物なども、かなりの障害になっているときがあります。家を建てるときは、土地を一寸しらべてみる方が安全と考えます。

家系の上部に不平型の人のある家は、必ず現世にも同じ型の人が出ます。その先祖霊をみつければ回復は早いのですが、事志とちがう、という人物が多いのは日本人の特徴です。

敗戦のときに、二重橋の前で切腹した女の人があるなどというのは、日本人特有のものではないでしょうか。国を思う心というものがはっきりしている国は、世界でも日本だけではないかと思います。立派なことというべきでしょう。

五十八万人の因縁を扱ってきて、つくづくと考えることは、人間に悟りはないということです。死とは消滅でも帰幽でもない、ということです。生のつづきであるということです。しかも、生よりなお不自由なものだということです。

生前とかわらない性格をもって、生前と同じに苦悩しているということです。ただ金銭や地位、権力、そういうものがないことだけがちがうということです。

死者――この生きたるものを、因縁というより他に何というべきでしょうか。

結論

その生ける日も、死しての後も、常に苦痛の多いのが人間であって、テープに入ったお経や、お金の見栄で成仏できるならば、誰も子供や孫に泣きつきはしません。

救いがあり、人を救えるなどということは、とんでもないことです。誰が何の苦痛を訴えているかということが判れば、ただ方法が立つというだけです。一生懸命に方法を立てて、少しでもその苦痛を和《やわ》らげよとおっしゃったのは、私の女神さまです。女神さま、ほんとうにそうです。誰が何を訴えているかが判れば、聞いて上げることができます。

みんなして苦しむのが人間で、生前も死後も、悟りなどということは自己暗示です。真正面からその苦悩に直面して、考えてゆくより他に何がありましょう。

ぐったりした上品な八歳位の男の子を抱いてみえた人があります。あたりはたちまち大きな御殿の殿様の居間になり、いまや若君に御典医が毒を飲ませるところです。

かたく口をむすんで決して物を食べないその子供に、若君がついていて、拒絶反応があるのです。そうでしょう。口に入れられたのは毒なのですから——。この若君を葬るわけは、お家の跡継ぎのいざこざでした。その後、その子供さんは全快して、何でも食べるようになりました。自分で歩いて、お母さんとお礼にみえました。

もしこの情景が判らなかったら、永久に食物を口に入れないで終ったことでしょう。藩の事情はともあれ、日本にはこのような家系のもめごとがたくさんにありました。犠牲になった子供の数もたくさんにあったことでしょう。思えば裏の多い日本の家系は、幼い者にとって、これほど悲惨なものはありません。お家の安泰という立派な名目は、こうしたあわれの上に成り立っていたのです。

その子供さんは、走ってまりをけります。その姿を見るたびに、私は感無量なのです。各種の陰謀や術策の上に成り立っていた日本の封建制は、各種の悲惨を人々の上に残しています。しかし、不具者をつくるようなすごい薬品を使ったりする文明の戦争もまた、決してほめられたものではないではありませんか。

私達、生れて来た以上、受けなければならないことはみんな受けましょう。その上で、しっかりと、その解消方法を考えることにいたしましょう。怒りやののしりで事がすむならやさしいものです。死者は各人みなその家系にかえって、家族と共にいます。訴えるより他に仕方がないのです。それは、お経やお題目が決して霊魂を救っていないというあかしです。ほしいのはただ愛情、骨肉の愛にまさる供養はないのです。痛ければ、分けて苦しんで上げましょう。悲しければ一緒に泣いて上げましょう。苦しければ共に苦しんで上げましょう。それより他に助かるみちがないのならば。そこで、誰が何で苦しんでいるかを判るために、女神さまは私を御指名になりました。承知いたしました。判るだけの解明を、いのちの続くかぎりはいたします。

そして、誰が何をいっているかを肉親に知らせて、供養してもらいましょう。それより他に何もできない私を許して下さい。私は全力をあげて五十八万人の仕事をしました。そして過労で半年病気をしました。女神さまはもう一度健康にして下さいました。なお残る仕事があるということでしょう。判りました、女神さま。八十歳でございますが、なお残る日々がありましたら全力をあげて仕事をいたします。誰が何を訴えているか、何物が、何を訴えているか、その全景を視せて頂くよろこびをもって、正直に、一生けんめいに結論を出しましょう。そして御一緒に方法をとろうではありませんか。私に働かせて下さい。いのちのあるあいだ、私に働かせて下さい。いささかの私心もなく、忠実に使命をはたすつもりでございます。

火用心

第四章　霊は私たちとともに居る

ニア・デス体験で見たもの

この章では、よくみなさまからご質問を受けますことについてお答えしたいとおもいます。と同時に、私が日々生活しておりましてつくづくと感じることも、何かのご参考になるとおもいますので、いっしょにお話しいたしましょう。

まず死後の世界についてですが、これについては、私が臨床的に死んだと判断されたときの体験から、お話を始めたいとおもいます。

ちょうど私が二十六歳のとき、いよいよ病気がひどくなって、命を終ったときがありました。

お医者さまが、

「ご臨終です。五時二十分です」

といって、パチンと時計のふたをしめました。

そのとき、私の両方の手が燃えるように熱くなっている感覚があり、ぐるぐると手の中で勢いよく何かが回っていました。と同時に、私の体からスッと何かが抜け出したのです。

体から抜け出したものは、しばらくの間、ちょうど私が寝ている部屋の鴨居のあたりにとどまって、その部屋の様子を見ていました。

そこでは私の貧弱な体が寝床の中に横になっており、そのそばで私を看病してくれた女の子が泣いています。友達が何人か集まっていて、泣いていたり、私の顔を覗きこんだりしている様子も見えます。

私はしばらくそんな光景を見ていたのですが、やがて鴨居から離れて、家の外にふらふらと出て行きました。

そのころは世田谷区に住んでいましたので、道の両側には畑と木があり、寂しい郊外の風景

でした。

私はふわふわとその道を飛んで行きました。

すると向こうから、私の知っているおじいさんが幼い孫の手をひいてやって来ました。その孫が私のほうを見ると、

「おじいちゃん、こわいよう」

といって、おじいさんの体にかじりつくのです。

「こわくはないよ。あれは人魂といって、だれか近くに死んだ人があるのだよ」

おじいさんはそういって、孫をなだめています。

私は、自分であることを説明しようとおもいましたが、ことばがありませんので説明することができません。しかたがないのでおじいさんのすぐ脇をくぐり抜けて、ふわふわと飛んで行きました。

それから私は、一軒の百姓家の裏口からスーッと中へ入って行きました。

その家には六畳くらいの部屋があり、そこにいろりが切ってあって、男が二人、足をあぶっていました。女が一人、そだを折りながら火をたいていました。

私はその炉のまわりをぐるっと回って、また外に出ました。出たときに、お勝手口のところにひとつの棚があって、その棚には農業用の噴霧器が置いてあるのを、はっきり見て通りました。

その後もしばらく、そのあたりをふらふら飛んでいましたが、そのうちまたもとの道に戻って、自分の家に帰って行きました。

家の中に入るのには、木の垣根のいちばん下側のところをスーッとくぐって、入りました。体の中へは、出たときと同じように、手からパッと戻りました。

その瞬間、友だちが、

「生き返った！」

と言っているのが聞こえました。

「もういっぺんお医者さまに電話して！　手当てをしなくちゃならないから」

などと、大さわぎをしています。

私はそうやって、また体へ戻り、生き返ったのです。そのとき体から抜けでてあたりを浮遊してまわったのが、霊魂であるということを、私ははっきり自覚していました。

今生と来世をつなぐのは霊魂

それから後も、そして今でも、私はたびたび、自分の体から出て行く霊魂を意識することがあります。

天候がひじょうに悪いとか、体の具合がとても悪くて弱っているとき、またどうしても逢いたい人がいるときなど、自分の体から霊魂が出て行くのです。そのときには必ず手が熱くなり、手からぐるぐる回って出て行くようです。よく昔から、死ぬ人が逢いに来たなんていうのは、おそらくこの現象をいうのだとおもいます。

この体験から、私は自分の霊魂は、肉体から独立した一つのものであるということを、はっきり知ることができました。

これに関連した話を、私が入院しているときに、看護婦さんが話してくれたことがあります。そのかたはベテランの看護婦さんで、臨終が近い患者さんのお世話もよくしておられました。

「臨終が近い患者さんはよく霊魂が出ていくというけれども、私はそういうかたを看護するときには、戸をあけておくのですよ。戸があいてなければ、出ていった霊魂が帰ってくることができませんからね」

そう言っておられました。

幽体離脱しているときには、雨戸とガラス戸の間、肉眼で見るとほんとうにわずかな隙間ですが、それがひじょうに幅の広い大きな空間に見えます。

今でもときどき私は幽体離脱して、朝になってから、

「戸をあけておくれ、あけておくれ」

と、大きい声をして帰ってくることがあります。

そうすると、私を手伝ってくれている人がいそいで戸をあけてくれます。と、すぐに私が寝間から起きて出て来るようです。そういうことが今でもあります。

また遠い世界へ行くとか、人の先祖を視《み》てあげるとかいうときには、そうやって出ていかなければ、視ることができません。今生と来世、過去と未来、それらをつなぐのは肉体ではなく霊魂であるということを、私は自分の体験からはっきりと言うことができます。

しかし不思議なことに、

「ぜひ私の先祖を見てください。お金はいくらでも払います」

などと言われたときには、その現象が起こりません。反対に、心のやさしい、あたたかい人がいて、その人が何かの拍子に、

「私の先祖ってどんなかたなのかしら」

とフッというとき、その人の先祖がずっと視えてくることがあります。

その先祖の生活ぶりや住んでいる場所、そのほかいろいろな細かいことまで視える場合があるのです。

ですから同じ先祖をおもうにしても、そのおもいかたによって反応が違うということです。お金はいくらでも払うから、などと頭ごなしにいって、お金さえ払えば何でもわかるなどという考えかたでは、決して先祖を視ることはできません。先祖を視ることができるものは、この世に生を受けたことを感謝できる、したがって先祖に心からの感謝の気持をもつことのできる、あたたかい心だけだとおもいます。

地獄は生でも死でもない世界

私が二十七歳で、本当にひどい病気をしているときでした。もうこれまで、と自分でもおもったとき、私は天国と地獄を視たのです。

けれども私は、それをみなさまにお話しする前に、私が生まれる前のことについてお話ししなければなりません。

暗い岩屋の奥に暗い部屋がありまして、そこには体格のいい、おもしろい衣裳を着た女神さまがいらっしゃいました。そして赤んぼうの私をひざの上に抱いていてくださるのです。女神さまは私に、

「今日はあなたが使命をもって、遠くへ行く日ですよ」

と、おっしゃいました。

そして私の頬にそって指の先をくわえさせてくださいます。そこからはあたたかいお乳がでて、私はすぐに満腹することができました。

岩屋から外を見ますと、外には明るい光が満ちています。あまり体の大きくない男の人たちが狩りから帰ってきて、立ち働いており、またいろいろな動物たちもいっしょに働いていました。マンモスのようなものから下はネズミのように小さなものまでが、それぞれの力に合わせ

て働いていました。その日は私の別れの日で、やがて別れの宴が始まりました。

女神さまは私におっしゃいました。

「遠いところに行くのです。そして今生においては人を助けることができるのですから、それを使命として行くのですよ」

私はお別れが辛くて、むずがっていましたが、女神さまは、どんなときにも力を与えてあげるから、と、そうおっしゃったとおもいます。

そして二十七歳、もうこれまでとおもったときに、また女神さまにお会いしました。

私は女神さまに、

「使命を果たさないで死ななければならないのは、ほんとうに申しわけないことでございます」

と申し上げました。けれども女神さまは、

「なに、まだ死にはしません。あなたをここまで連れてきたのは、あなたに見せたいものがあるからです」

と、おっしゃいます。

そのときの私は、医学的にいうと意識不明の状態で、注射だけで命を保っているときでした。

女神さまは私の首をおさえて、

「これをよくごらん」

と、おっしゃいました。

そこには大きな崖があって、崖の下にはゴツゴツした岩がいっぱいあります。そしてその岩のところで、半分裸の人間たちが苦しそうに動めいていました。みんな水が飲みたいらしく、岩にしゃぶりついたりしているのですが、飲むことができません。男も女もいて、心中した男女などは体が重なってくっついてしまったまま、離れることができないのです。

みんな上を仰いでいましたが、その目はことばにならない敵意のようなものを宿していました。体は死んでしまったのに、魂が死ねないで苦しんでいるのでした。

そこは生でもない、といって死でもない世界でした。死なら死、生なら生、と決まればもっと楽になるのだろう、水も飲めるのだろうとおもいます。水も飲めない、生とも死ともつかない宙ぶらりんの世界、それが地獄なのでしょう。

女神さまは、これが地獄である、よく見ておきなさい、と念を押されました。

愛情をもって正直に生きることこそ天国

そしてまたしばらくあとをついて行きましたら、広い、スロープになったきれいな野原のようなところに出ました。

そこには白木で建てたような家がいくつか建っていて、白い着物を着た人たちが、楽しそうに、あっち行きこっち行きして遊んでいました。古い時代の人も新しい時代の人もいました。おそらくこれが、天国とはいわないまでも、人間が安らかにいる世界だろうとおもいました。

私はそこで、女神さまに、

「このようなすばらしい世界に来るには、何をすればよいのでしょうか。どう生きればよいのでしょうか」

とおききしました。すると女神さまは、

「何もしなくてよいのです。本当の正直な心、本当の愛情をもった心がありさえすれば、来ることができるのですよ」

そうおっしゃいました。

そこには、私の知っている人も来ていました。その人は四歳くらいのかわいい女の子を連れていましたが、その子は腰衣をつけてまめまめしく働いていました。

後にその知り合いの家へ行って、四歳くらいで亡くなった女の子がいますかとききましたら、誰も知りません。そこでおばあちゃんに聞いてみますと、ずっと以前に四歳くらいで亡くなった子がいることを憶えておられました。その家族は死後みんな父親のそばにいって、幸せにしているようです。

私はキリスト教でいう天国も信じませんし、地獄もあのとおりだとはおもいません。仏教でいう天国も地獄も信じません。

私は、閻魔大王などは自分の心の中にいるのであって、外野にいるものではないとおもいます。鬼も焦熱地獄も、そんなものは全部自分の中にあるもので、外にいて追いたてられるものではない。自分の中の精神現象である。

ですから私は、天国も地獄も、その存在は信じません。まことに本当の死というものは、無に帰することが本当の死であり、いちばんよいかたちだとおもいます。

生者のかたちをして、魂をもって迷っているのは、まだ成仏していません。本当に成仏したというのは、無の状態、無の世界に行くことです。

私は天国も地獄も信じません。

地獄も今生にあり、天国も今生にある。かたちをいえば、天国は先ほどお話ししたような世界ですけれども、実はそれは人間の心の中にあるものなのです。

先祖供養は「かたち」ではなく「心」の問題

先祖供養についてもよくみなさまからご質問を受けます。どうして供養してあげればよいのだろう、というご質問ですね。

ともかくも私たち人間は、木の股から生まれた人でないかぎりは、先祖というものをみんな持っているわけです。その先祖をご供養する心がまえについて、これからお話ししたいとおもいます。

お金をかけて立派なお墓を作り、高価なお仏壇を買ったからといって、必ずしも先祖が満足しているとはかぎりません。金銭というものはあくまで今生のものであって、来世のものではありませんから、そういった物質的なもので供養ができるはずはないのです。

かえって、

「お金をかけて立派な供養をした」

というその自己満足的な心が、せっかくの供養を半減させてしまいます。

お金さえだせば何でもできる、というものの考えかた、そこから発想し行なう供養は、本当の供養ではありません。お布施をいくらだしたとか、どんなごちそうをだした、○○家よりうちのほうが立派にやった、△△おばさんはどんな着物を着てきた、××おばさんは古い昔の着物を着ていた、あれは貧乏してるんだなあ……、そういうような現世的な優劣につながったものを、私は供養とはいいません。

本当の供養は、一滴の涙でよいのです。

＜私がこの世の中に生まれさせていただいて、ありがとうございます＞

という心。そして、

＜どうぞ安らかに成仏してください。来世に行ってもなおかつ苦しまないように、おだやかで

いらしてください〉

という、心からのその気持が、本当の供養なのです。

もうひとつ大切なのが、家族の和ということです。

亡くなられたかたが、なつかしくなって家へ帰ってきたいとおもっても、家族がけんかをしていたのでは、気持ちよく帰ってくることができません。家族が円満で、先祖に対しての敬愛の心をもって生活しているならば、とてもおだやかな気持ちで帰ってくることができます。

このように供養というのは、どこまでいっても「心」の問題であって、「かたち」ではないのです。

よくこんなかたがいらっしゃいます。水子がいる人に多いのですが、

「私は水子地蔵をたてて供養しました！」

といって、胸を張っているのです。

けれどもそれで本当に成仏しているのでしょうか。

そうではないのです。それよりも、

「かわいそうなことをした。勘忍しておくれよ」

そういって心の底から謝り、一滴の涙をその子どものためにこぼしてあげれば、それで充分に水子は供養できるのです。

それなのに、高いお金を払ってお地蔵さんをたててやった、供養してやった、というそういう傲慢な心持ちでは、とてもホトケに届きません。

また私のところにいらっしゃるかたで、○○さんは参議院議員であるとか、どこそこの社長であるとか、そういった社会的地位や金銭的なことを先にもってこられるかたがあります。そういうかたは本当の供養ができる人ではありません。供養というのはあくまでも心の問題ですから、私をどんなにお金でおどかしたところで、それでは供養はできません。

あるいはまた、こんな人もいました。

ついこの間ですが、私のところに若い女の人がやって来ました。このことは第二章でも書いたのですが、たいへん印象に残っているので、もう一度お話ししたいとおもいます。

で、その若い女性に、

「あなた、水子さんが何人いますか」

とききますと、

「あら、あの時分はたくさんの男と遊んでいたから、何人いるかわかりゃしないわ」

と、こういうのです。

そのくせ、私のことをさも親しげに、

「おばあちゃん、おばあちゃん」

と呼びます。それで私は怒ったのです。

「おばあちゃんというのは、大切な名なのですよ。〈おばあちゃん〉と呼ばれるまでに、八十年間、涙をこぼして人生を通ってきたのですからね。

由緒正しい、もっともあたり前の生活をしている人、真面目な人生を送り、正直に生きている人たちが、おばちゃんと呼んでくれるのはいいけれども、あなたのように、幾人男と遊んだかわからない、何人水子がいるかわからないわ、なんていう人に、おばあちゃんなんて呼んでもらういわれはありません。おばあちゃんという名は、私にとって大切な名前なのですからね」

そう私は怒りました。

そんな風に、何人だか憶えていないわ、などといういいかたをする、そんな不遜な気持がいちばん供養から遠いのです。

子供たちが登校拒否になったり、校内暴力をおこしたりするのは、一人の水子が一つのステッカーになって子供の背中に貼りついているからです。それを力ではどうしてもはがせないために、シャツを取り替えたり、髪の毛を染めたり、奇抜にカットしたりするわけです。

母親が妊娠し、何かの事情でその子を堕《お》ろす。そして次の子供を妊娠し、出産する。するとその生まれた子供の背中には、生まれることのできなかった水子のステッカーがはりつきます。そのステッカーをはがすことのできる力は、権力でもなければ、理屈でも説教でもありません。

本当に必要なのは、母親やそのまわりの人々の、

「かわいそうなことをした。勘忍しておくれ」

という、あたたかい血の通った指先と、一滴の涙だけです。その指先ではがすなら、ステッカーは簡単に取り去ることができるのです。

はがしたステッカーは、私がみんな預かっています。水子は三分の一人前ですから、三人の水子で一人前です。それを第三章に詳しく書いておきました。

日々、先祖とともに暮らす

ですから供養というのは、社会的面子《メンツ》でもなければ、形式《かたち》だけのものでもありません。供養というのは心なのです。

だれでも、自分のお母さんが亡くなった後に、まだ茶の間にお母さんが坐っているような気がすることが、何度もあるとおもいます。

お母さんはこんなとき、お茶をこういう風に飲んだっけ、おまんじゅうが大好きで、目を細めて食べてたなあ、と思いだしたときには、本当にお母さんが家に帰って来たように、話しかけてあげるのです。

「お母さん、お茶が入ったから、どうぞ」

「このおまんじゅう、おいしいでしょう。おとなりからいただいたのよ」

などと話しながら、食べるのです。それが本当の供養なのです。

ところがそれが他人となると、おっかなかったり、いやだったりします。でもその他人を、お父さんなりお母さんなり、お祖父ちゃんなりお祖母ちゃんなり、と同じようにおもってあげられれば、それがその人に対するとてもすばらしい供養だとおもうのです。

誰も、お母さんがかわった格好をしてお茶を飲もうと、かわった格好をして前掛けをたたもうと、なつかしいとこそおもえ、いやだとか気持ちわるいとかはおもわないでしょう。それが他人となると、あの人おかしかったわ、なんて嗤《わら》ったり、悪口を言ったりします。

けれども誰もが身内に対するときと同じ心を以って、他人をおもい、なつかしみ、他人のためを考えてあげられるようになれば、それが本当の供養です。また亡くなった人に対してだけではなく、生きている者同士もそういう心掛けでいるならば、どんなに住みよい世の中になることでしょうか。

私は偶像信仰ではありません。私はインカ帝国の地図をはって、それを神様にしようとおもっているくらいのものですから、かたちの上のことは言いません。

仏壇を買って、それで自分の気がすむのだったら、それはそれでよいでしょうけれども、要は仏壇の立派さよりも心の問題なのです。

「おはよう、お母さん。私は今日おいしいごちそうを食べたから、お母さんもおあがりなさいね」

そういって分けてあげる。

その気持が本当の供養であって、仏壇が立派で、鐘を何人もがたたいても、それが供養であるとはかぎりません。

この世にいた人でいっしょに暮らした人はみんな家族ですから、死んでもいっしょにいるとおもって暮らしてあげる、それが死んでしまった人にとってはいちばんの供養だとおもいます。おいしいお菓子を食べるときは、半分あげるよ、食べてね、といって分けてあげるのです。

朝晩鐘をたたいて、お供えもちゃんとしていますから、といって威張る人がよくありますが、そのそもそもの、「供えていますから！」と威張る心が供養からほど遠いものなのです。

「供養しました！」

と、ことさらに私に言うかたもおられます。

お寺に何万円納めているとか、法事にこれくらいのお金をかけたとかを私に自慢するのです。でも残念ながら、そういう供養のしかたではホトケに通じるものではありません。

この世での金銭の誇り、権力の誇り、それらのものをもって仏に向かうのでは、供養にはな

りません。来世にはお金もなし、権力もなし、何にもありません。乞食で暮らした人であろうと、大臣で暮らした人であろうと、来世の苦悩は同じにあり、来世の幸せもまた同じです。

あるいはまた、私はこんなに立派な供養をしてあげたのに、なぜこの人は私に憑いて私の体をこんなに苦しめるのか、と文句をいう人がありますが、そういう気持ではその痛み苦しみから逃れることはできません。

お母さんが痛かったのなら、自分もそこが痛くてもいいじゃありませんか。お父さんがそこが苦しかったのなら、自分もそこが苦しくてもいいじゃありませんか。

「お母さん、いっしょに苦しみますから、ガマンしてちょうだい」

そう言うことができるなら、それが供養であり、やがて回復することができるのです。

反対に、

「立派な葬式もだしたし、一周忌もあれだけにしてやったのに、それなのに私にとり憑いてこんなに痛くして、本当にいけすかないったら」

という、そういう心持ちの人はやはり治りが遅くなります。自分の身の内、たとえば足が痛かったとしたら、

「足が勝手に痛がってるんだよ」

なんて言わないでしょう。足をなんとかして治そうとするでしょう。それと同じです。

お父さんが頭の痛みで苦しみながら亡くなって、そして自分の頭が痛いときには、お父さんの頭が痛いのも私の頭が痛いのも同じだ、と思うのです。その一致した心が愛情であり、供養となるものです。

お金をかけてこうしたああした、ということを、他人に向かって自慢気にいう心、竹内てるよに向かって、何万円ものお金をかけて供養したということを言う心、それが供養からもっとも遠いことです。

私はこの供養の仕事を、その人がお金持ちであるとか地位があるからというのでやっているのではありません。ただ本当に気の毒におもい、「おたがいよね」という心でやっているのです。

そういったピントはずれの供養は、案外日本人の特徴なのかもしれませんけれどもね。

ピントのはずれた日本の女

私がこういう相談をはじめてから、日本の女の人のおもしろさをつくづくと感じることがあります。

私が、

「日本の女は――」

といってはじめると、ほらはじまった、といってみんなが笑うのですが、供養のしかたとも関連してくることとですので、日本女性の独特の性癖について少しお話ししてみましょう。

日本の女の人は、何でもすぐに人に聞きたがります。

「どういうふうにすればよいのでしょう」

「どちらに行けばよいのでしょう」

と、そういうことばかり言っているのです。

何でもすぐ人に聞いて、自分で見つけようとしない。自分の人生の一大事さえも人に決めてもらおうとする。自分に目があり耳があり、手も足もあるのですから、自分でさっと行く道を探してきたほうがよいでしょう。

そういった面に付随して、日本の女は何でも人に聞いたそのことを、そのとおりにやらなければならないという服従的な精神を持っています。

また、とても格好を気にするのですね。私のところへ来るのにも、

「こんな格好をしてきまして」

などと言う。

そんなことを言うくらいなら、ばあさんがひっくり返って驚くくらい、いい格好をしてきたらいいじゃないですか。そうでないかぎり「こんな格好をしてきて」なんていうことは、言う必要のない無駄なことです。

子供の一大事を相談にくるのに、こんな格好もあんな格好もないですからね。大切なわが子のことを相談にくるのに、着るものがなければ、それこそ裸で来てもいいのです。女の人の裸ならちっとも驚きはしませんからね。

それから、こんなこともあります。

「先生、八十歳といわれますけれども、お若いですね。六十歳くらいに見えますよ」

という人がたくさんいます。しかしいったいその二十歳若く見えるということが、何の意味があるのでしょう。

私が八十歳で、それなのに二十歳《はたち》にでも見えるのなら、それは「ヘエーッ」といって喜びますけれども、八十歳で六十歳に見えたってたいした違いはないじゃないですか。そういう枝葉の問題にとても気をとられるのです。

そういった部分は私に相談されるときにもでてきて、何がききたいのか、何を相談したいのか、そのポイントをなかなか言わない。問題のまわりをぐるぐるまわるように、くどくどと枝葉のことを話すのです。

「……そもそもうちの父ちゃんといっしょになるについては、父ちゃんが向こうから荷物を背中に背負って階段を降りてきて、私はこっちであれを持って、そこにかがんでいて……」

という「そもそも……」の話から始まって、五十年にも及ぶ結婚生活の話をする。

他にもまだ私にみてもらいたいかたが六人も七人も待っておられて、時間がないことはわかっているはずなのに、そういうことに一切気を使わないでだらだらと話すのです。そのくせポイントは話さないわけで、話の焦点をしぼることができないのですね。自分がいちばん何をききたいのかが、自分の中で整理できていないわけです。

そういうピントのはずれたところが、おそらく供養する場合でもでていて、ピントのはずれた供養をしているのに、自分ではちゃんとやっているとおもっている人が多いのではないかとおもいます。

虚栄心と自己満足の供養は先祖に通じない

金の燭台を買ってそれでお灯明をあげたから、仏が喜こんでくれているなどという、そういうピントのはずれたことをして、供養していると信じきっています。

そうではないのです。

金の燭台であろうと何であろうと、ただ心から愛情をもって、

「私をらくにしてください。丈夫にしてください。苦しめないようにしてください」

という、その心が大切なのです。金の燭台であろうと、泥でできた燭台であろうと、そういうことは一切関係ありません。

結局、自分の自己満足と虚栄心のために供養をしている人が多いのです。

○○おばさんが古い喪服を着てこようと、借り着で来ようと、そんなことが供養に何の関係があるのですか。日本の女はそういうことばかりが先に立っているのです。うちへ相談に来ら

れても、

「そんなことをいっても、うちでは供養は立派にやりました。とても上等なごちそうをふるまいましたし、ご近所のどの家をみても、うちほど立派にやったところはありません。供養できてないなんてことは、ないとおもいます！」

そう胸を張っておっしゃいます。

けれども、何度も申しますように、器の上等さ、値段の高さ、かかったお金などで供養ができるのではないのです。仮にろうそくを石の上に置いたとしても、心の底から仏が安らかでいるようにと祈れば、それが本当の供養です。物質的なことをいくらやっても、先祖に通じるものではありません。

それはこんなことからも確かめることができます。おもしろいことに、

「うちの先祖を調べてください。お金はいくらでも出します」

と横柄にいう人には、決して先祖は声をかけてこないのです。一生懸命に刻苦奮闘して子供を育て、一生懸命に働いている人ならば、その人の顔をじっと見ているうちに、自ずと、先祖のかたがたが幸せそうに、にこにこしておられるのが視えてくることがあります。供養すると

いうことは、そんなふうに、ただただ愛情が大切です。

人間というものは、どこまで行っても迷って苦しむものです。それがあたりまえで、悟りなどということはないと私はおもっています。そしてまた、この世でつくったものはこの世でつくったものであって、来世まで持っていくことはできません。来世に持っていくことができるのは、生まれたときから持っていた血、祖先に流れていたのと同じ血ですね、それと、生きていく上で培っていった愛情だけだとおもうのです。

どう生きればよいか

生きかたにもいろいろありますけれども、私はふつうの、あたりまえの生活が、いちばんよい生きかたではないかとおもいます。

運動靴の散らかった玄関、かごいっぱいの洗濯物をパーンとたたいて干す。太陽の光をうけて清潔に乾いたおしめを、肥った赤ん坊のおしりにあてることのできる生活——。そういう生活が、この世でいちばん幸せな生活だとおもいます。

夫があるなら夫を愛し、子供があるなら子供を愛し、そして先祖を愛して、自分が生まれて

きたことに感謝して全力を尽くして生きる。

悲しいときには声かぎりに泣いてもいいし、腹が立ったときには何を壊して怒ってもいいから、正直にありのままに人生を渡っていくことがもっともよい生きかたであり、それが先祖に対する立派な供養ともなるのです。

特に女にとっては結婚が天職であると私はおもっています。全力を尽くして結婚生活を営んでみて、だめだったら何度もやり直せばよいのです。

女には子供を産むというすばらしい天職が授けられています。ですからそれだけは、この世に生まれてきた以上、それだけは全《まっと》うするのがいちばんよい。それが女として生を受けた役割であるのです。私は今はやりのキャリアウーマンと呼ばれる女たち、それを誇りとしているような女たちは、ちっとも偉いとおもいません。

社会的な問題にまどわされたり、金銭的な幸せを追い求めたりすることは、本当の生きかたではないと私はおもいます。平凡な、あたりまえの生活を、全力を尽くして生きていくことが、私からするといちばん立派な人生です。そんな生活をしてゆくならば、その生活そのものが、今生においては極楽ではないですか。そして死んだ後もその生活が続いていくのですから、もし極楽ということばを使うとしたら、それがいちばんの極楽といっていいでしょう。

自分の生活に全力を尽くして努力し、同時に、人間すべてを骨肉とおもって、愛情をもって人生を渡っていくことが極楽である、そう私はおもいます。

不幸に見舞われたときの心がまえ

そうやって生きていても、突然の不幸に見舞われるということはあります。

突然不幸になるというのは、主として、自分の身内ですでに亡くなっている人が、苦しみを訴えてくるために始まるものです。また動物霊による場合もありますが、その両方とも私は視ることができますから、とってあげることができます。

けれども、私がとってあげるにしても、

「そんなことは信じられない」

とか、

「そんなことあるものか」

などと疑ったり、恨みがましい気持をもったりした人のほうが、問題の解決、あるいは病気の回復はおそいです。

突然足が痛くなったとしたら、自分の足が痛いのとホトケの足が痛いのと同じだ、とおもえばよいのです。そうならば、その足を切って捨てられるか、といえば、捨てられないでしょう。捨てられない関係においては、ホトケと生きている人間の関係も同じです。

捨てられないものは捨てずに、辛抱して、それをよい方向にもっていくことが、それが不幸に対して取り組むいちばんよい方法だと、私はおもいます。

いつも全力を尽くす、いつも正直で誠実に生きるということですね。決して人生を投げだしてはいけません。

たとえ死を宣告されたときでも同じです。苦しいときは苦しんで、自分をごまかさないで戦っていく。そして悔いを残さないことです。

医学第一ですから治療して、そして因縁をとっていきます。私は因縁を視ることができますから、私に解決できることであれば全力を尽くしてお手伝いいたしましょう。

人類は滅亡するか

一九九九年に人類が滅亡するとか、人類は二十一世紀を無事に迎えることができるだろうかとか言われていますけれども、私には人類がいつ滅亡するかということはわかりません。でも滅亡するときがきたら、滅亡してもしかたがないとおもいます。

そしてまた、自分だけ生き残りたいとはおもいません。みんなが死ぬときに自分だけが生き残ってもしかたがないでしょう。みんながやられるときには、みんないっしょにやられるほか、しようがないのじゃないでしょうか。自分だけ生き残ろう、というその気持が不幸ですね。死ぬときがきたら、みんないっしょに死んだらいいじゃないですか。

広島に原爆が投下されたときに、原爆をうけて苦しくてどうしようもない人々が線路のまわりにいたそうです。あまりの苦しみに耐えかねて、汽車が来たら轢かれて死のう、そうやってこの苦しみから逃れよう、そう考えて、線路のまわりに集まっていました。そして実際に、線路の上にはいあがろうとした人もあったそうです。

そういう不幸を二度と人間にもたらすことがないように、それを私は強く願います。

滅亡しなければならないときは、人間自らが発達させてきた智恵のためでしょう。科学技術などを発達させてきた智恵ですね。それと地震みたいなものがいっしょになって人間を襲い、滅亡していくのでしょう。だからしかたがないじゃないですか。

私はみんながやられるときは、自分もいっしょにやられていいとおもっています。また、人間が滅亡することがそれほど悲惨だとはおもいません。それが自然現象であれば、しかたがないです。

絶対に滅亡してはならない理由が、何かありますか。

滅亡してはならないという理由は、何もないわけです。動物にも栄枯盛衰があるように、人間にも滅亡するときがくることは、あり得ることです。滅亡するときはいっしょに滅亡しようじゃありませんか。気持よく滅亡しよう、と私はおもっています。

全力をもって生きていれば、気持よく滅亡できるでしょう。人を恨まないで、みなさんごいっしょいたしましょう、という気持ですね。

たとえばバスに乗っていて、それが事故を起こして引っくり返れば、同じことでしょう。どんなに偉い人が乗っていようと乞食が乗っていようと、サラ金から莫大な借金をして首がまわらなくなった人が乗っていようと、人に金を貸している人が乗っていようと、バスが引っくり返ってしまえば運命はみな同じです。

ただそれまでの間、自分に悔いのない人生を送っていたいとおもいます。

面子ばかり気にする人は成仏できにくい

ところが日本人というのは、そうした自分の生きかたよりも、面子《メンツ》のほうを重んじる傾向が強い。日本ほど面子を気にする国はありませんね。

しかし今生が終ってからは、その面子というものがたいへん邪魔になります。来世に行っても成仏できないで戻ってくるのは、面子をとても気にした人が多いです。面子が原因で成仏できないわけです。

ですから私はこれほど強く、面子をなくしなさい、というのです。そうしますと、なかには、それでは出世をあきらめろというのですか、と不満気にきく人があります。が、そもそも出世とは何ですか。

とにかく人間は、最後のときになれば、私がいつもいうように、ノーベル賞よりもガーゼのおしめのほうが必要なのですから。一万円札よりもティッシュのやわらかいもののほうが入用のときがあるのですから。

ですから社会的面子《メンツ》にしても、お金にしても権力にしても、それらのものはほどほどにしたほうがいいですね。それに溺れると、結局は、今生において生涯苦しみ、来世に行ってもなお苦しむ、というようなことになることが多いのです。

この世を不平不満で送った人のほうが、今生の人にさわっています。えらくなりたいとか金持ちになりたいという物質的欲望を追い求めた人々に多い。そういう人は、いくらお金を持っていても、いくら地位があがっても、

「まだまだ足りない」

「もっともっとほしい」

という気持をおさえることができないからです。だから常に不満を持っています。

けれども、えらいというのは何でしょうか。バスが引っくり返ったときに、総理大臣だけが助かるのならば、それならばえらいということはすごくいいことだと思いますけれど、そんなことはありません。総理大臣だって乞食だって同じことです。

えらくなる、というのは、単なる自分の自己満足にすぎないものです。私が威張っている管長さんよりも自殺した管長さんのほうが、より人間的だといいますのは、そういうことをいっ

ているのです。

価値ある生活とはどんな生活か

だから私は、いわゆる人よりえらくなるということを、よいこととは認めません。人よりえらくなることは、ちっともいいことじゃありません。みんなと同じでよいのです。

自分だけ特別にごちそうを食べなくてもいいし、自分だけ威張らなくてもいい。あたりまえの生活を全力をあげてやっていくことです。苦しかったら本気で苦しんで、悲しいときは本気で泣いて、そうしてやっていくことが人間としていちばん価値のある人生です。価値のある人生は、ありのままの人生だとおもうのです。

権力をかさにきたり、金銭的なことでいばるような人々は、この世でいちばん価値を知らない人だとおもいますね。人間いざというときになれば、先ほども申しあげたように、勲章よりもガーゼのおしめが必要なのですから、いつでも必要なときにガーゼのおしめがそばにあるように、そしてよろこんで世話をしてくれる人があるように、そんな生活をすることがいちばん大切なのではないでしょうか。

女の人は価値の基準を顔かたちの美しさにおく傾向があります。しかし人間はいつまでも若いわけではありません。自分が美人であるというプライドがあればあるほど、年をとるにつれてふえるシワや容姿の衰えが気になります。手術をしてシワをとる人も多くあります。けれども年をとってしわくちゃになるのは、みんな同じです。自分一人ではなく、世界中の女がばあさんになるのですから、遠慮なくばあさんになったがいいのです。そして白髪頭をふりたてて正直に暮らしたがよいのです。そうすれば、年をとっても何もおそれるものはありません。

戦死した人の霊が子供たちに依存している

太平洋戦争で多くの人々が亡くなりました。無念の最期をとげた人は成仏しきれずにいます。そしてその霊が子供たちに依存しているため、彼らの素行が悪くなっています。

戦争には環境で出征せざるをえなかったわけで、自分で自発的にやったものではありません。そこに根本的な問題があります。

ですから、外から見ると喜んで死んでいったように見えても、お腹の底ではやはり人間ですから、死ぬのはいやだし、弾にあたれば痛いですしね。そんな自分の正直な気持を出せなかったところに、戦死の不幸があるのです。その不幸が成仏をさまたげ、いろいろなかたちで今の人たちに影響するのだとおもいます。だから私は、ありのままの人生を送れた人がいちばん幸せだというわけです。

大人たちは若い人たちに、けんかをしてはいけない、と言います。しかしながら、大人たちはいつもけんかすることを考えている。それももっと大きなけんかです。それはいったいどういうことでしょうか。きっとそういうことのために、人類は滅亡しなきゃならないのだろうと私はおもいます。

小さな子供の時から、けんかをしてはいけませんよ、みんなと仲よくしなくてはだめですよ、と大人たちに言われて育ってきたのに、大人たちが寄るとそろうと、どういう風に相手をひどい目に合わせてやろうか、と相談しているでしょう。そういう行動の矛盾を見せられて育つ子供たちは、大人になってどういうことをするでしょうか。そんな矛盾が、人類が滅亡していくことの根本的な原因となっていくのではないでしょうか。

いつまでも殺しっこしていれば、いつかは滅亡することになるのは、やはりしかたがないことです。

酒乱の人にも戦死した人の霊がついています。それをとってあげることで、みんな治っています。

戦死した人は、心の中では、酒も飲みたかったし、女もほしかったのです。その欲望が満たされずに生命が終ってしまった、打ち切られてしまったので、何とかその欲望を満たそうとして今の人に憑《つ》く。そうすると、とり憑かれた人は酒乱になるのです。だから酒乱の人は、戦死した人の霊を供養することでだいたい治ります。

また子供たちの性風俗が乱れたといわれていますが、その責任は実は大人にあります。

原因はいくつかありますけれども、まずひとつには心の満足をさせていないということが言えます。心の満足は何によってさせるかといいますと、両親はもとより為政者や周辺の人々が、もっと愛情をもって、それらの人たちの気持を察してあげることでずっと安定します。と同時に、水子だの何だのという目に見えない犯罪を、大人たちが犯さないようにしていくことです。

結局子どもにでている問題というのは、大人がやったことが子供にかえっているにすぎないわけですからね。大人が平気で乱交パーティをやったりしていて、子供だけを行儀よくさせておこうといっても無理な話です。大人がちゃんとした範をたれてくれれば、子供たちもちゃんとしていけるとおもうのですけれどもね。

家というものに対する考えかたが、昔とはたいへん違ってきていますから、それもひとつの原因かもしれません。

また子供が親を殺すという犯罪がありますけれども、これは個々人によって違いますからいちがいには言えませんけれども、ほとんどすべてが因縁の問題です。川崎であった金属バット事件なんかは、上は忍者の問題でした。忍者の殺しあいが憑《つ》いていたのです。

そういうふうに各々の人によって憑いているものが違いますが、その憑いているものが誰なのかを調べて成仏させてあげることで、たいていの問題は解決します。

私はその因縁を視ることができますから、私に解決できることであれば、全力を尽くしてお手伝いします。それが私の使命です。遠くにお住まいのかたは、写真を添え症状を書いてたま出版宛に送ってください。そうすれば私の手元に届きます。

女神さまが授けてくださった力をいかして、一人でも多くのかたのお役に立ちたいと願っています。そして、すべての人を骨肉として、私の使命を全《まっと》うしてゆくことが、私がこの世に生を受けた使命なのです。

〈著者紹介〉

竹内 てるよ（たけうち てるよ）

明治37年12月21日、北海道札幌市に生まれる。幼いころから病弱で10歳のとき上京。日本高等女学校を卒業間近で療養のため中退。3年間の婦人記者生活を経て20歳で結婚。1児をもうけたが結核のため25歳で離婚。以後、闘病と詩の創作に励む。平成13年2月、96歳で永眠。

主な著作として、『わが子の頬に』『人霊依存の正体』（たま出版）のほか、『詩集・花とまごころ』『静かなる愛』『海のオルゴール』（昭和52年連続テレビドラマ放映）などがある。

[新装版]いのち新し

2003年4月1日　初版第1刷発行

著　者　竹内 てるよ
発行者　韮澤 潤一郎
発行所　株式会社 たま出版
〒160-0004　東京都新宿区四谷4-28-20
☎03-5369-3051（代表）
http://www.tamabook.com
振替　00130-5-94804
印刷所　株式会社 平河工業社

ISBN4-8127-0165-1 C0095

たま出版好評図書（価格は税別）

前世発見法　グロリア・チャドウィック　1,500円
過去生の理解への鍵をあなたに与え、真理と知識の宝庫を開く

前世旅行　金　永佑　1,600円
前世退行療法によって難病を治療する過程で導かれた深遠な教え

体外離脱体験　坂本　政道　1,100円
東大出身のエンジニアが語る、自らの体外離脱体験の詳細

前世　浅野　信　1,300円
6500件に及ぶリーディングの結果、「前世を知ることで魂が癒される」ことを伝える

精神世界

わが子の頬に　竹内てるよ　1,400円
皇后さまがスピーチで紹介された詩「頬」の作者・竹内てるよの自伝を緊急復刻

マヤの宇宙プロジェクトと失われた惑星
高橋　徹　1,500円
銀河の実験ゾーン、この太陽系に時空の旅人マヤ人は何をした！

満月に、祭りを　柳瀬　宏秀　2,667円
日記をつけて月の動き､宇宙の動きを「感じる」ことで一番大事なものが見えてくる！

神の探求 I　エドガー・ケイシー口述　2,000円
ケイシー最大の霊的遺産、待望の初邦訳。「神とは何か。人はどう生きればいいか」

世界最古の原典 エジプト死者の書（新書）
ウオリス・バッジ　757円
古代エジプト絵文字が物語る六千年前の死後世界の名著

エジプトからアトランティスへ
エドガー・エバンス・ケイシーほか　1,456円
アトランティス時代に生きていた人々のライフリーディングによる失われた古代文明の全容！

失われたムー大陸（新書）
ジェームズ・チャーチワード　777円
幻の古代文明は確かに存在していた！　古文書が伝えるムー大陸最期の日

2013：シリウス革命　半田　広宣　3,200円
西暦2013年に物質と意識、生と死、善と悪、自己と他者が統合される！